Anita Wolf lebt mit ihren zwei Katzen in Berlin und schrieb ihr erstes Buch, weil sie nicht die Geduld hatte, die Geschichte als Comic zu zeichnen.

ANITA WOLF

HEXENHÄPPCHEN

KURZGESCHICHTEN VON VOR UND WÄHREND DES UNTERGANGS DER HEXENJÄGER

© 2022, Anita Wolf
Herstellung und Verlag: BoD – Books on
Demand, Norderstedt
ISBN: 9783756889396

Anmerkung:

Die folgenden sieben Geschichten spielen vor und zwischen dem *Untergang der Hexenjäger* und sind nicht in chronologischer Reihenfolge angeordnet.

Der aufmerksame Leser kann sich jedoch erschließen, wann ungefähr die einzelnen Geschichten spielen.

Dargh schleppte sich durch das Unterholz des Waldes. Wieder musste er sich an einen der Bäume stützen, um zu Atem zu kommen. Sein Körper hatte schon vor einer Weile das Schmerzempfinden abgestellt, doch Schock und Blutverlust drohten immer mehr, die Oberhand zu gewinnen. Dargh wusste, wäre er kein Schattenalb, er wäre schon lange tot – andererseits, wäre er kein Schattenalb, hätten sie ihm auch nicht die Flügel abschneiden können. Die Hexenjäger verloren recht schnell das Interesse am Opfer ihres grausigen Auftrages, so dass Dargh ihnen entwischen und im Dickicht des Waldes untertauchen konnte. Da ihre Befehle keine Verfolgung vorsahen, hatten sie ihn laufen lassen, Dargh meinte aber, das eine oder andere hämische Lachen gehört zu haben. Vage fragte er sich, was sie wohl mit seinen zurückgebliebenen Flügeln anstellen würden.

Eine der Wunden an seinem Rücken brach durch die Bewegung wieder auf, auch seine erstaunlichen Selbstheilungskräfte vermochten es nicht, sie unter diesen Umständen geschlossen zu halten. Dargh war klar, er musste irgendeine Zuflucht finden, wo er zur Ruhe kommen konnte, sonst würde er es nicht schaffen, Schattenalb oder nicht. Aus seinen Augenwinkeln kroch eine bedrohliche Schwärze heran. Doch da schimmerte vor ihm durch die schwindende Dunkelheit der

Dämmerung mit einmal ein kleines, warmes Licht zwischen den Bäumen, als wollte es den Weg weisen. Dargh stutzte und kniff kurz ungläubig die Augen zusammen, doch das Licht leuchtete unbeirrt weiter. Er holte einmal tief Luft, rappelte sich auf und schleppte sich weiter. Dargh erkannte durch das Flimmern vor seinen Augen kaum noch, wohin er trat, also konzentrierte er sich auf den Lichtpunkt und kämpfte sich von Baum zu Baum. Plötzlich tat sich vor ihm eine Lichtung auf, es war kein nächster Baum mehr da, an den er sich hätte stützen können. Er konnte nicht mehr rechtzeitig reagieren und kippte vornüber aus dem Wald auf die Lichtung. Mühsam hob er den Kopf.

Das Gelände vor ihm stieg leicht an, das Licht, das ihn hergeführt hatte, gehörte zu einem Haus. Ein Stück weiter weg erkannte er undeutlich die Umrisse einer großen Scheune. Dargh kroch langsam darauf zu. Er sah, dass das Haus eines der Menschen war, also bedeutete es wohl kaum eine Zuflucht für ihn. Er war nur ein paar Meter weit gekommen, als sein Körper ihm die Gefolgschaft verweigerte und einfach zusammenklappte. Dargh blieb im kühlen Gras liegen und seufzte leise. Ein jämmerliches Ende – aber er hatte es versucht. Sollte stimmen, was ihm erzählt worden war, würde das Volk der Schattenalben mit ihm aussterben. Angesichts dieser so abscheulichen Welt war das beinahe ein Trost.

In Darghs Sichtfeld bewegte sich etwas. Im pudrigen ersten Licht der aufgehenden Sonne erkannte er ein paar Beine neben sich stehen. Es war ein sehr kurzes Paar und gehörte zu einem kleinen Mädchen mit braunen

Rattenschwänzen, das ihn ernst und ungerührt betrachtete.

„Bist du ein Butzemann?" fragte die Kleine.

Dargh schloss die Augen. Er hätte keinem Kind gewünscht, etwas wie ihn in seinem derzeitigen Zustand vor der Haustür zu finden. Hilfe konnte er hier nicht erwarten.

Aus Richtung Haus rief eine Stimme herüber. „Cadie! Wo bist du?"

Das Mädchen drehte halb den Kopf. „Hier, beim Butzemann."

„Beim was?"

Dargh hörte näherkommende Schritte.

„Was… oh Gott!" japste eine erschrockene Frauenstimme. „Komm da weg, geh da nicht so nah ran!"

„Er lag hier einfach so rum", rechtfertigte sich Cadie.

„Lebt er noch?"

„Natürlich, er hat mich ja eben angeguckt. Können wir ihn behalten, Bevan?"

„Sei mal kurz still… Ausgerechnet, wenn Papa nicht da ist."

Dargh merkte, wie ihn jemand vorsichtig am Arm berührte.

„Hallo? Hörst du mich?"

Er stemmte halb die Augen auf. Neben ihm hockte ein vielleicht knapp zwanzigjähriges Mädchen mit kurzen dunkelblonden Haaren. Über ihre Schulter lugte die Kleine von zuvor, der Ähnlichkeit nach waren sie wohl Geschwister. Bevan, die Ältere, zuckte ein bisschen zusammen, als er die Augen öffnete, fing sich aber gleich wieder.

„Du bist verletzt. Darf ich…?" Mit einem leichten Zittern in den Händen betastete sie seine Rückenwunden. „Es scheint nicht mehr zu bluten, aber du musst viel Blut verloren haben."

„Der Butzemann stirbt doch nicht etwa?" fragte Cadie mit einer gewissen Entrüstung, als stünde Butzemännern so etwas nicht zu.

„Er ist kein Butzemann", widersprach ihre Schwester. „Ich glaube, das ist ein Schattenalb." Sie sah sich kurz um. „Hier draußen kann er nicht liegen bleiben, wir müssen ihn in die Scheune bringen."

„Warum denn nicht ins Haus?"

„Wir kriegen ihn nicht die Verandatreppe hoch. Cadie, lauf zum Schuppen und hol das große Wachstuch zum Heuabdecken, ja?"

„Na gut." Die Kleine entfernte sich unwillig, aber zügig.

„Hör zu", meinte Bevan leise zu Dargh. „Ich gehe kurz weg, bin aber gleich wieder da. Es ist wichtig, dass du bei Bewusstsein bleibst, sonst bist du zu schwer und wir können dich nicht bewegen."

Er blinzelte wie in Zeitlupe als Zeichen, dass er verstanden hatte. Bevan nickte und lief weg. Dargh kämpfte eisern darum, bei Sinnen zu bleiben. Es kam ihm wie eine Ewigkeit vor, obwohl er kaum ein paar Minuten allein blieb. Die beiden Mädchen tauchten fast zeitgleich wieder auf, Cadie mit dem großen Tuch, Bevan mit einem geschirrten Pferd.

„Was willst du denn mit Advokat?" fragte Cadie und bezog sich auf den Wallach.

„Er wird ihn für uns ziehen."

Bevan nahm ihrer Schwester das Tuch ab, breitete es neben Dargh auf dem Boden aus und befestigte das Geschirr des Pferdes daran.

„Ach so, als ob er den Pflug zieht", verstand Cadie jetzt.

„Genau." Bevan wandte sich an den Schattenalben. „Du musst irgendwie auf das Tuch kommen, anders schaffen wir es nicht."

Dargh nickte. Er sammelte sich kurz, stemmte sich mit letzter Kraft halb hoch und kroch auf das glatte Tuch, wo sich sein Körper endgültig verabschiedete. Er sackte bäuchlings zusammen und bekam nichts mehr mit.

Ganz langsam dämmerte Dargh wieder zu Bewusstsein. Ein Stück weiter links von ihm schnaubte leise ein Pferd. Er öffnete müde die Augen und sah vor allem Fußboden, denn er lag noch immer auf dem Bauch. Er war in der Scheune. Durch die Dachluke schien warm die Sonne herein, das Pferd, das er gehört hatte, steckte den Kopf aus seiner Box und beobachtete ihn unbeeindruckt, während es auf einem Strohhalm kaute. Das Gebäude war ungewöhnlich stabil gebaut, er konnte sogar einen großen alten Kamin erkennen. Etwas raschelte leise. Dargh drehte langsam den Kopf, so weit er konnte und sah, dass das kleine Mädchen in der Nähe auf einem Futtersack saß und ihn neugierig, wenn auch mit einer gewissen Skepsis, musterte. Einen Moment lang sahen sie einander nur schweigend an.

„Magst du was trinken?" fragte sie unvermittelt.

Dargh zögerte, nickte dann. Vorsichtig drehte er sich auf die Seite und richtete sich halb auf. Um seinen bloßen Oberkörper waren dicke Verbände gewickelt, die scharf nach irgendwelchen Kräutern rochen, seine offenbar gewaschene Weste entdeckte er auf einer Wäscheleine. Wie hatte man ihm die ausgezogen und ihn verbunden? Er musste zwischendurch zumindest halbwegs zur Mithilfe imstande gewesen sein, erinnerte sich aber überhaupt nicht mehr daran. Cadie kam zu ihm und reichte ihm eine große Zinntasse mit Wasser. Dargh nahm sie entgegen und trank in kleinen Schlucken.

„Wie lange habe ich geschlafen?" fragte er heiser.

Cadie schien erfreut, dass er sprechen konnte. „Den ganzen Tag, die Nacht und dann bis jetzt."

Anhand des mutmaßlichen Sonnenstandes draußen deutete Dargh diese Aussage als eine Nacht und anderthalb Tage. Er gab ihr die leere Tasse zurück. „Danke. Ich sollte jetzt wirklich…" Er wollte aufstehen, kam aber über eine halbwegs aufrecht sitzende Position nicht hinaus; sein Rücken protestierte, sein Blutdruck protestierte und das kleine Mädchen ebenso.

„Bevan hat gesagt, du sollst dich nicht bewegen, sonst gehst du wieder kaputt."

Dargh musste sich eingestehen, dass Bevan da nicht Unrecht hatte. Erschöpft lehnte er sich seitlich gegen einen der Futtersäcke. „Hat sie mich verbunden?"

„Ja. Sie kann an dir gut üben. Sie möchte Ärztin werden, aber Papa will nicht, dass sie weggeht. Ich find's aber gut."

„Wo ist denn dein Vater?"

„Im Moment ist er in Burgh, weil er da was machen muss, aber er kommt bald wieder."

„Verstehe." Dargh legte es nicht unbedingt darauf an, dem Vater zu begegnen.

„Bist du wirklich kein Butzemann?", fragte das Kind.

„Nein."

„Och, naja", meinte sie, als sei halt niemand perfekt.

Die Scheunentür öffnete sich quietschend und Bevan kam herein. Unter dem Arm trug sie eine kleine Tasche und ein dickes, abgegriffenes Buch.

Auf halbem Weg wandte sie sich schon an ihre Schwester: „Du solltest doch nur Advokat füttern und dann zurück..." Sie stutzte, als sie sah, dass Dargh wach war. Kurz schien sie unsicher, was sie machen sollte, dann fiel ihr wieder ihre Schwester ein. „Geh ins Haus, Cadie."

„Hier ist es aber spannender."

„Nein, Schluss jetzt. Ab mit dir." Sie beugte sich zu ihr und flüsterte ihr ins Ohr, was dem feinen Schattenalbengehör dennoch nicht entging: „Und schließ die Haustür ab."

Cadie verzog sich. Als sie weg war, stand Bevan einen Moment etwas ratlos da, gab sich aber einen Ruck und kam zu Dargh.

„Hat meine Schwester dich geweckt?" fragte sie zaghaft.

Er schüttelte den Kopf. „Nein."

„Gut..." Sie stellte die Tasche auf den Boden, legte das Buch daneben und rieb sich nervös den Arm. „Ich, äh, müsste deine Verbände wechseln."

Dargh maß sie mit einem kritischen Blick, kam aber zu dem Schluss, dass, wenn sie ihm etwas hätte antun wollen, sie das schon längst hätte machen können, während er ohnmächtig dagelegen hatte. Bewusst langsam drehte er ihr den Rücken zu. Sie räusperte sich leise und kniete sich hinter Dargh, der einen Seitenblick auf das mitgebrachte Buch warf und den Titel ‚*Wundheilkunde II*' ausmachen konnte. Bevan nahm eine Schere aus der kleinen Tasche und schnitt vorsichtig den Verband auf. Dargh konnte riechen, dass sie Angst hatte. Er verstand, warum. Schließlich war er jetzt zum ersten Mal voll bei Bewusstsein und wirkte auch in seinem angeschlagenen Zustand sehr einschüchternd auf Menschen, zumal sie ganz allein mit ihm hier war - mal abgesehen vom fressenden Pferd, das ihnen das Hinterteil zugewandt hatte.

„Ich tue euch nichts", versicherte er deshalb.

Bevan lächelte unsicher. Sie wickelte, noch immer etwas zittrig, den alten Verband ab.

Dargh wollte die Stimmung beruhigen und griff nach dem erstbesten Gesprächsthema. „Ich habe noch nie eine Scheune mit Kamin gesehen."

Bevan hielt inne, mit Smalltalk hatte sie wohl nicht gerechnet. „Es war auch ursprünglich keine Scheune, sondern das Wohnhaus. Als sie dann das neue gebaut haben, wurde das hier zur Scheune umfunktioniert. Den Kamin konnte man nicht entfernen, aber natürlich wird er nicht mehr benutzt bei dem ganzen Heu."

„Verstehe", brummte Dargh.

Das Mädchen war tatsächlich ruhiger geworden. Sie legte den abgewickelten Verband beiseite und rumorte in ihrer Tasche. Sie holte eine kleine Flasche hervor und gab etwas von der Flüssigkeit daraus auf ein sauberes Tuch.

„Das brennt jetzt kurz", meinte Bevan, bevor sie seinen Rücken damit reinigte.

Dargh gab keinen Mucks von sich, aber sie sah, wie sich seine Rückenmuskeln anspannten. Fasziniert betrachtete sie Darghs Wunden, schlug schnell etwas in der Wundheilkunde nach und wandte sich wieder kopfschüttelnd den Schnitten zu. Unglaublich, wie weit sie schon verheilt waren. Trotzdem sah sein Rücken aus wie ein Schlachtfeld.

Sie druckste herum. „Ich… ich fürchte… ich weiß nicht, wie das bei Alben ist, aber ich fürchte, es werden ziemliche Narben… Es tut mir leid, aber du hattest am ersten Tag wohl so eine Art Fiebertraum. Du hast dich viel zu heftig bewegt, und da sind die Wunden wieder aufgebrochen – ich musste sie ganz schnell nähen, und du hast nicht stillgelegen, da konnte ich nicht… es tut mir leid, dass es so aussieht. Ich hätte besser…"

Dargh unterbrach ihren Entschuldigungsschwall ruhig, aber streng. „Du hast mir das Leben gerettet. Was kümmern mich da ein paar Narben? Wer hätte schon den Mut gehabt, mir überhaupt zu helfen?"

„Wer helfen kann, muss helfen", murmelte sie. „Ich könnte gar nicht anders."

„Du bist eben eine Heilerin."

Ein Strahlen huschte über ihr Gesicht, sie räusperte sich verlegen und holte ein kleines Töpfchen aus der Tasche. Die dicke, grünliche Salbe daraus strich sie auf die Schnitte. Für Dargh fühlte sich das wunderbar kühl an. Er entspannte seine Muskeln ein wenig.

„Als ich geträumt habe", begann er behutsam. „Ich hoffe, ich habe dir keine Angst gemacht?"

„Ich hatte nur Angst, dass du dir wehtust. Du hast dich hin- und hergeworfen und irgendwas gemurmelt." Bevan versuchte ein tapferes Lächeln. „Hab aber kaum was verstanden. Irgendwann hast du dich wieder beruhigt." Sie hielt inne, das Lächeln verblasste. „Die Wunden... das waren deine Flügel, oder?"

„Ja", antwortete Dargh nach kurzem Zögern.

„Die Hexenjäger haben das getan?" Offenbar hatte sie doch mehr verstanden, als sie zugeben wollte.

„Ja", wiederholte er leise.

„Wer auch sonst" knurrte sie verächtlich und wickelte einen neuen Verband um ihn.

Dargh seufzte. „Ich stehe in eurer Schuld. Deswegen werde ich gleich wieder verschwinden."

„Das wirst du nicht. Dein Körper hat sich noch lange nicht erholt", sagte sie streng und befestigte die Enden des Verbandes.

„Man darf mich bei euch nicht finden. Ich habe... Probleme mit den Hexenjägern, und wenn sie rauskriegen, dass ihr mir geholfen habt..."

„Ich weiß, wer du bist, Dargh", meinte Bevan fest. Man musste schon hinter dem Mond leben, um noch nicht vom Schattenalben beim Widerstand gehört zu haben.

„Das ist nur ein Grund mehr, dass ich sofort gehe."

„Nein, das ist ein Grund mehr, dir zu helfen. Du bleibst hier, bis du wieder ganz gesund bist. Ich habe keine Angst vor den Hexenjägern!"

Dargh wusste, dass das nicht stimmte, und sie wusste es ebenfalls. Bevan räusperte sich und packte ihr Verbandszeug wieder zusammen.

„Du brauchst jetzt Ruhe, du musst viel schlafen. Ich bringe dir noch etwas zu trinken, aber du musst mir versprechen, dass du ruhig liegen bleibst. Alles andere sehen wir später."

Dargh gab sich geschlagen; momentan hätte er auch nichts anderes tun können, als ruhig liegen zu bleiben. Er nickte. „Bis ich mich erholt habe."

„Bis du dich ganz erholt hast." Sie half Dargh, wenn auch mehr symbolisch, sich wieder hinzulegen. „Mach dir keine Sorgen. Der Hof hier liegt abseits, und im Dorf kümmert sich keiner groß um die Hexenjäger. Wie sollten sie je rauskriegen, dass du hier bist?"

Dargh seufzte leise. Seiner Erfahrung nach gab es nichts, das die Hexenjäger nicht früher oder später rauskriegten.

Dargh erholte sich so schnell, dass Bevan nur staunen konnte. Für Dargh selbst ging es aber immer noch viel zu langsam. Also lenkte er sich mit Kleinigkeiten ab, sobald er sich wieder etwas bewegen konnte und durfte, denn Bevan war da streng.

An diesem Morgen saß er vor dem ungenutzten Kamin in der Scheune und schnitzte. Dazu benutzte Dargh kein Messer, sondern seine kräftigen Klauen, was Cadie, die ein Stück neben ihm saß und in ihrem Malbuch naiv expressionistische Kunstwerke anfertigte, in Erstaunen versetzte. Sie hatte einen Narren gefressen an diesem sonderbaren Gast, der, sie gab es zu, gar kein Butzemann sein konnte, weil er viel zu nett dafür war. Er redete zwar nicht besonders viel, aber er hatte ihren Teddy repariert, das war ihr deutlich wichtiger als Konversation. Sie durfte niemandem erzählen, wer da in ihrer Scheune wohnte, das sagte ihr Bevan jeden Tag aufs Neue, und sie meinte auch zu verstehen, warum, schließlich würde dann jeder so einen tollen Dunkelmann haben wollen und sie hätten das Nachsehen.

Dargh hatte seine Schnitzerei vollendet und reichte Cadie das Figürchen. Es war ein kleiner Drache, denn ihm war aufgefallen, dass Cadie die gern mochte, ihr Malbuch war voll von ihnen. Das Mädchen nahm die Figur und besah sie sich kritisch, dann stand sie auf und schlang Dargh kurz die Arme um den Hals. Damit war alles gesagt; sie steckte ihren neuen Schatz ein und setzte sich wieder hin.

Die Scheunentür öffnete sich, gewohnheitsgemäß knarrend, jemand kam zu ihnen, doch wer dann hinter Advokats Box hervortrat, war nicht Bevan, sondern ein bärtiger Herr mittleren Alters. Verdutzt ließ er die Tasche fallen, die er über der Schulter getragen hatte und starrte von Dargh zu Cadie und wieder zurück.

Das Mädchen hob nur kurz den Kopf und malte weiter. „Hallo, Papa."

Ihrem Vater half das in dieser Situation nicht wirklich weiter. „Warum…?"

Bevan kam in die Scheune gelaufen. Außer Atem blieb sie bei der kleinen Gruppe stehen. „Papa! Warum gehst du denn in die Scheune? Ich dachte, du kämest zuerst ins Haus."

Er drehte sich ratlos zu seiner älteren Tochter und deutete auf Dargh. „Was…?"

„Komm, ich erklär dir alles. Komm."

Bevan nahm ihren Vater am Arm und zog ihn ein Stück weit weg in eine ruhige Ecke. Dort redete sie eine Weile auf ihn ein. Er antwortete etwas, es folgte ein neuer Wortschwall von ihr.

„Papa kommt nicht so gut mit neuen Sachen klar", bemerkte Cadie kritisch. „Bevan sagt, er klammert."

Bevan und ihr Vater hatten ihre Diskussion offenbar zu einem Ergebnis gebracht, denn beide kamen wieder herüber.

Er räusperte sich und fuhr sich durch die Haare. „Tut mir leid, ich... Bev hat mir erzählt, dass sie dich gefunden und verarztet hat."

„Du kannst sehr stolz auf deine Töchter sein", sagte Dargh.

Das machte den Vater verlegen. „Ja, sie sind mein ganzer Stolz. Ich bin übrigens Acton."

Der Schattenalb nickte würdevoll. „Dargh."

Wieder stutzte der Mann, er wurde ein paar Nuancen blasser. Offenbar war Darghs Identität nicht erwähnt worden. Schließlich fragte er leise: „Du bist... Dargh?".

Der Schattenalb nickte. „Könnte ich kurz mit dir sprechen?"

Er stand auf und ging mit einem etwas zögerlichen Acton in die Ecke von zuvor, wo er ruhig mit ihm sprach. Bevan war bei Cadie geblieben und beobachtete die Szene mit einer gewissen Anspannung. Als Dargh schließlich schwieg, schien Acton nachzudenken, dann nickte er. Bevan atmete erleichtert aus, lief zu den beiden und umarmte ihren Vater. Acton befreite sich sacht von seiner älteren Tochter, kam wieder herüber zu Cadie und hockte sich neben sie.

„Schatz", sagte er ernst. „Du darfst niemandem erzählen, dass wir diesen Besucher haben, versprichst du mir das?"

Cadie runzelte die Stirn. „Warum sagt ihr mir das dauernd?"

Dargh war sehr froh, dass Bevan ihre immense Hilfsbereitschaft zumindest teilweise von ihrem Vater geerbt haben musste. Acton war zwar weit vorsichtiger und zurückhaltender, was den Schattenalben betraf, doch er schickte ihn nicht fort. Sobald sich Dargh wieder besser bewegen konnte, half er wie selbstverständlich auf dem Hof, in dem Maß, das Bevan ihm erlaubte. Er redete zwar nicht übermäßig viel und suchte von sich aus auch keine Nähe zu den Mädchen, aber er saß oft mit Cadie zusammen während er etwas reparierte und sie malte, in stummem gegenseitigem Respekt, was eine zufriedene Ruhe in das verträumte Mädchen brachte. Und er hatte Bevan Notizen in ihre Wundheilkunde gemacht. Mit ihm konnte sie darüber reden, anders als mit ihrem Vater. Das war Acton nicht entgangen. Ihre Mutter war die Heilerin gewesen, alles, was er hatte, war der geerbte Hof und sein Handwerk. Er hatte seine beiden Töchter zu lange nicht mehr so viel lächeln sehen.

An diesem Abend stand Acton auf der Veranda, als Dargh herauskam, um sich für die Nacht in die Scheune zurückzuziehen. Es wäre ihm niemals eingefallen, im Haus schlafen zu wollen.

„Spät geworden heute?" sprach Acton den Schattenalben an.

„Ich habe Bevan noch das Rezept für ein Schlaf- und Schmerzmittel aufgeschrieben." Dargh ging die paar Stufen hinunter und stellte sich vor das Verandageländer, damit er nicht so groß wirkte. Es machte die Leute nervös, wenn er einfach so neben ihnen stand.

„Ja, so ist sie. So viel so schnell wie möglich lernen. Sie hat das von ihrer Mutter."

Dargh nickte, fragte aber von sich aus nicht weiter.

Acton seufzte leise. „Weißt du, wir haben nicht immer hier gelebt, früher hatten wir ein Haus in der Stadt. Aber das wurde immer lauter und hektischer dort – und dann noch die Hexenjäger... dass ich dachte, es wäre doch besser für die Mädchen, irgendwo in Ruhe aufzuwachsen. Vor allem, nachdem ihre Mutter gestorben war. Bevan will wieder in die Stadt und Medizin studieren. Ich kann sie verstehen, aber... hier habe ich wenigstens die Illusion von Frieden. Wenigstens das."

Heilerin konnte ein gefährlicher Beruf sein. Er hatte ihr nicht helfen können. Acton erinnerte sich noch zu gut daran, wie müde und leer er sich damals nach dem Tod seiner Frau gefühlt hatte. Ohne seine Töchter hätte er sich vermutlich irgendwo hingelegt und wäre nie wieder aufgestanden, seine ganze Welt war einfach kaputtgegangen.

Wieder nickte Dargh stumm. Nicht zum ersten Mal dachte sich Acton, dass der Schattenalb dieses leere Gefühl nur allzu gut kannte. Er rieb sich nachdenklich den Nacken. „Du weißt, was ich meine, oder? Mit einem Mal erkennt man sich selbst nicht mehr."

Dargh blickte schweigend über das Hofgelände, auch wenn Menschenaugen in der Dunkelheit nicht viel davon erkannt hätten. Schließlich meinte er leise: „Ich habe etwas getan, das mich verfolgt. Es war wohl notwendig, aber ich kann mich damit nicht abfinden. Es hat mich zerfressen. Ich konnte nur noch darüber nachdenken, darüber, was ich anders hätte machen können, um es zu verhindern. Ich war nicht mehr ich selbst. Deswegen konnten sie mich wohl fangen. Und was ich dann erfahren habe... war zu viel." Dargh schüttelte widerwillig den Kopf. „Als ich da lag vor eurem Hof – ohne deine Töchter wäre ich wohl einfach liegen geblieben. Mir war schließlich alles egal." Er warf Acton einen kurzen Blick zu. „Zu sehen, dass es auch noch gute Menschen gibt, Menschen, die nicht... für die es selbstverständlich ist, zu helfen... das hat mir einige Kraft zurückgegeben. Das ist weit mehr wert als mein Leben. Ich kann euch das niemals vergelten."

Ein Moment der Stille folgte.

„Dargh", meinte Acton ernst. „Du bist gut für die Kinder. Und die Kinder sind gut für dich. Du kannst so lange hierbleiben, wie du möchtest. Du bist uns gern willkommen."

Ein weiterer Moment der Stille. Dann brachte Dargh ein kleines, aber ehrliches Lächeln zustande.

Einige Zeit später hockte Cadie im Gasthaus des Dorfes an der Theke hinter einem Glas Milch und zeichnete in ihrem Malbuch. Es gehörte kaum zu ihrem regulären Tagesablauf, in Kneipen zu sitzen, aber ihr Vater musste hier etwas reparieren und hatte keinen Aufpasser für sie gefunden, da Bevan und Dargh, inzwischen wieder voll genesen, im Wald Holz schlagen waren und sie noch schlechter im Auge hätten behalten können. Der Schattenalb leistete an Arbeiten auf dem Hof gerne, was immer er nur irgend konnte, als versuche er, etwas wiedergutzumachen.

Advokat stand draußen angebunden, aber ihm schien es nicht besonders wichtig, ob Cadie in den nächsten Brunnen fiel, deshalb hatte die Wirtin, die gelangweilt mit der Zeitung hinter dem Tresen saß, ein halbes Auge auf das Kind. Das Gasthaus war leer, es war früh am Nachmittag, und abgesehen von einem gelegentlichen Rumpeln, das Acton und der Wirt ein Stockwerk höher bei der Reparatur der Dachbodenstiege verursachten, herrschte Stille.

Von daher zuckte die Wirtin doch zusammen, als plötzlich schwungvoll die Eingangstür aufging und zwei Männer und eine Frau, alle komplett in Schwarz, hereinkamen. Einer von ihnen, ein recht junger, schmucker Blonder, kam an den Tresen. Cadie und er tauschten einen kurzen Blick und befanden einander als nicht beachtenswert.

„Oh, hallo", meinte die Wirtin und faltete die Zeitung zusammen. „So schnell hatte ich euch gar nicht erwartet."

„Wir sind da, um zu schützen und zu dienen, Madam", meinte der Blonde lahm und zog seine Lederhandschuhe aus. Dabei blitzte an seinem Handgelenk kurz eine Tätowierung unter dem Ärmel hervor.

Die Wirtin wurde nun doch blass. „Und so hohen Besuch schon gar nicht." Schnell stellte sie ihm eine Tasse Tee hin.

„Man darf nie den Kontakt zum Volk verlieren, Madam. Meine beiden Kollegen hier werden sich jetzt um den Kohlenknacker kümmern, den du in deinem Keller gesehen hast."

„Oh, ja. Bitte folgt mir. Einfach hinten durch."

Die Wirtin trat hinter dem Tresen hervor und der Blonde winkte seinen Kollegen etwas herablassend, ihr zu folgen. Bevor die Wirtin verschwand, warf sie einen letzten Blick auf Cadie, dachte sich dann aber, der Elitehexenjäger stelle schon eine ausreichende Aufsichtsperson für das Kind dar. Der nahm auf einem der Tresenhocker Platz und empfand es als durchaus demütigend, in so einem jämmerlichen Kaff gänzlich harmlose Kobolde einfangen zu müssen, aber Wolcod hatte ihn ja auch nicht dazu verdonnert, weil er ihm einen Gefallen hatte tun wollen. Er gähnte verhalten und sah zu dem beharrlich malenden Mädchen, das ihm in konzentriert gebeugter Haltung jeden Blick auf ihr Kunstwerk verwehrte. Offenbar brauchte man viel Schwarz dafür.

„Und was machst du hier?" fragte er aus blanker Langeweile.

Die Kleine hob den Kopf und maß ihn mit einem strengen Blick. „Ich spreche nicht mit Fremden."

„Dann wirst du wohl nie neue Leute kennenlernen", meinte er trocken und trank von seinem Tee. Er verzog das Gesicht und schob die Tasse von sich. „Was soll das sein, Kuhpisse?"

Cadie zog erstaunt die Augenbrauen hoch. Wer so beiläufig derartige Begriffe vor Kindern verwendete, war zumindest etwas interessant aus ihrer Sicht.

„Kamille, glaub ich", meinte sie. „Wer bist du denn?"

„Du sagst mir ja auch nicht, was du hier machst."

Cadie überlegte kurz und dachte sich, die Freigabe dieser Information würde wohl nicht schaden. „Ich warte auf meinen Papa, der repariert oben was."

Wie aufs Stichwort rumpelte es oben.

„Ah so. Ich bin Leigh", meinte der Blonde. Wie das Mädchen hieß, interessierte ihn nicht.

„Ich kannte mal einen tollen Ochsen namens Leigh", konterte sie zum Ausgleich.

Er kniff kurz die Augen zusammen, doch offenbar entstammte diese Bemerkung nur kindlicher Unschuld. „Ach was? Bist also ein Bauernmädchen?"

Cadie missfiel sein herabwürdigender Ton. „Ich wohne auf einem Hof, aber mein Papa baut Sachen."

„Offensichtlich", bemerkte Leigh, als es oben wieder rumpelte. „Und trotzdem müsst ihr auf so einem ollen Hof leben?"

„Der ist nicht oll!" brauste das Mädchen. „Wir haben ein Haus und einen Apfelbaum und Advokat!"

„Wahnsinn", meinte Leigh gedehnt, der in Advokat ein Tier statt eines Gelehrten erkannte und eine gewisse Kurzweil darin fand, das Kind zu ärgern. „Aber das hat doch nun wirklich auch der hinterletzte Hof im Wald."

Cadie sah die Ehre ihres Heimes verletzt und wurde unachtsam. „Wir sind nicht hinterletzt! Wir sind ein ganz toller Hof! Wir haben sogar einen Butzemann in der Scheune! Der war erst ganz müde, aber jetzt ist er groß und stark und hilft und er ist gar kein Butzemann, sondern…" Sie stockte. Gerade noch rechtzeitig war ihr eingefallen, dass sie darüber nicht reden durfte.

„Sondern was?" hakte Leigh nach, der berufsbedingt misstrauisch wurde, wenn Leute mitten im Satz plötzlich abbrachen.

„Nichts", meinte sie schmallippig.

Ihm fiel auf, wie sie ihr Malbuch mit den Armen abdeckte. Sie merkte, dass er es merkte, aber Leigh war schneller und zog dem Mädchen das Malbuch weg.

„Gib das wieder her!" rief sie empört.

Leigh hielt sie mit einem Arm von sich weg. „Wieso, was malst du denn da so Spannendes?"

Sein Blick fiel auf Cadies letzte Zeichnung. Ein großer blauhaariger schwarzer Mann mit leuchtenden Augen und spitzen Ohren, der einen riesigen Korb mit Feuerholz trug, als wöge er nichts. Das kam Leigh ziemlich bekannt vor. Er drückte Cadie mit einem Ruck zurück auf den Hocker. Die blieb erstaunt sitzen, denn normalerweise behandelten sie Erwachsene nicht so, entweder, sie sagten ihr ständig, wie niedlich sie doch sei, oder ignorierten sie einfach. Aber der blonde Mann klatschte ihr Malbuch auf den Tresen und bohrte einen Finger in ihre Zeichnung von Dargh.

„Was ist das?" fragte er sehr streng. „Wohnt der in eurer Scheune?"

„Nein!" rief Cadie. „Das ist nichts! Den gibt's nicht! Das hab ich mir nur ausgedacht! Ich denk mir immer Sachen aus!" Sie nahm ihm das Malbuch wieder weg.

Da kam Acton ins Zimmer. Cadie sprang vom Hocker, lief zu ihm und klammerte sich an seine Beine.

„Aber Cadie, was ist denn los?" fragte er erstaunt.

„Ich will jetzt nach Hause", murrte sie frustriert.

„Die arme Kleine hat sich wohl ziemlich gelangweilt", meinte Leigh, als täte ihm das leid.

Acton musste erstmal schlucken, als er den Hexenjäger sah. „Ja... ich hätte sie nie mitgenommen, ist aber sonst keiner zuhause heute."

„Ach?" fragte Leigh lauernd. „Sie scheint ja ein sehr phantasiebegabtes Kind zu sein."

„Oh ja", stimmte Acton zu. „Sehr. Denkt sich ständig irgendwas aus." Er packte schnell sein Zeug und nahm seine Tochter auf den Arm. „Komm, Schatz, wir gehen wieder nach Hause."

Acton nickte Leigh kurz zu und verschwand zur Tür hinaus. Cadie bedachte den Hexenjäger noch mit einem bitterbösen Blick. Der sah den beiden stirnrunzelnd hinterher, nicht sicher, was er von all dem halten sollte.

Leigh drehte leidlich interessiert den Kopf, als nach einer Weile seine vollgerußten Leute aus dem Keller kamen, einen zappelnden Sack in der Hand.

„Wir konnten des Kohlenknackers habhaft werden, Sir", berichtete der Hexenjäger seinem Chef und klang etwas erschöpft.

„Na gut, dann können wir ja gehen", entgegnete Leigh wenig begeistert und stand auf. Unvermittelt drehte er sich um und fasste die Hexenjägerin am Arm. „Du bist doch von hier, oder?"

„Ja, Sir."

„Kennst du den Handwerker, der irgendwo draußen auf einem Hof wohnt? Hat eine kleine Tochter, die dauernd zu malen scheint."

Sie überlegte kurz. „Oh, ja, Sir, das ist wohl Acton, der wohnt mit seinen beiden Töchtern auf dem alten Waldhof. Warum fragst du?"

„Weil wir denen heute noch einen Besuch abstatten und uns da genau umsehen werden", meinte ihr Vorgesetzter finster.

Bevan trocknete den letzten Teller ab und warf einen flüchtigen Blick auf ihre Schwester, die hinter ihr am Küchentisch saß und in ihrem Malbuch kritzelte. Cadie hatte keine allzu gute Laune gehabt, als sie nach Hause gekommen war, und dass ihr Vater noch einmal kurzfristig für einen Auftrag ins Dorf hatte reiten müssen, hob ihre Stimmung nicht gerade.

Bevan seufzte leise, räumte den trockenen Teller weg und schaute aus dem Küchenfenster, das zur Scheune wies, in der sich gerade Dargh aufhielt. Er zog sich jeden Tag eine Zeitlang zurück, um sich zu ‚ordnen‘, wie er es nannte. Sie wusste nicht, ob alle telepathisch begabten Leute das machten oder ob Dargh so das Trauma der Verstümmelung verarbeitete. Sie nahm sich vor, ihn mal behutsam danach zu fragen, der Geist spielte beim Heilungsprozess ja eine nicht zu unterschätzende Rolle.

Es klopfte an der Haustür. Bevan legte das Geschirrtuch beiseite und runzelte die Stirn, denn sie bekamen hier draußen nur selten unangekündigten Besuch. Cadie hörte auf, zu malen und sah die Tür böse an, als würde der Klopfer so vielleicht die Lust verlieren. Doch das ruhige, hartnäckige Geräusch wiederholte sich. Einen Moment erwog Bevan, einfach so zu tun, als sei niemand zuhause, dann aber dachte sie sich, dass ja etwas wegen Acton sein könnte, ging zur Tür und öffnete.

Draußen auf der Veranda stand ein fescher blonder Mann in Schwarz, die Hände geduldig vor dem Körper verschränkt. Unten vor der Veranda warteten in respektvollem Abstand zwei Kollegen in ähnlicher Aufmachung. Bevans erster Gedanke war, sie wollten ihr ihre Religion andrehen oder etwas in der Art, doch während sie das noch dachte, warf ihr Instinkt einen genaueren Blick auf die Montur und ihr wurde klar, dass da Hexenjäger vor ihrer Tür standen. Vor Schreck hätte sie sich beinahe hingesetzt.

„'n Abend, Miss", meinte Leigh lächelnd, da er sich immer über nette Damen freute, und hob kurz die Finger an die Stirn. „Meine Kollegen und ich sind hier, um uns einmal auf dem Hof umzusehen. Reine Routine."*

Er drehte sich kurz um und gab seinen Kollegen ein paar schnelle Handzeichen, die Bevan nicht deuten konnte. Die beiden Hexenjäger setzten sich in verschiedene Richtungen in Bewegung und verschwanden aus Bevans Sichtfeld.

„Ich darf doch kurz reinkommen?" fragte Leigh leichthin und trat einfach durch die Tür, bevor sie ihn daran hätte hindern können.

„Was willst du denn hier?" entfuhr es Cadie, als sie ihn sah.

---

* Polizeijargon für: Ihr steckt echt in Schwierigkeiten.

„Ja, so schnell sieht man sich wieder." Leigh drehte sich zu Bevan. „Ich hatte heute Mittag schon die Ehre, die Bekanntschaft deiner Schwester* zu machen."

„Ach?" fragte sie heiser.

„Oh ja. So eine kreative junge Dame. Und was für außergewöhnliche Motive."

Cadie zog schuldbewusst den Kopf ein und klappte ihr Malbuch zu.

Bevan schaffte es, einigermaßen entspannt und selbstsicher zu klingen. „Ja, allerdings. Sie zeichnet die merkwürdigsten Dinge. Sie hat sehr viel Phantasie."

„Das sagte mir dein Vater auch schon. Wo ist er denn?" ließ Leigh fallen und zog sich beiläufig die Handschuhe aus.

Bevan sah die Tätowierung an seinem Handgelenk und musste sich an der Tischkante festhalten. Einer der Dreizehn! In ihrer Küche! Und Dargh saß in der Scheune!

„Papa ist was reparieren gegangen", meinte Cadie trotzig.

„Was? Und lässt euch zwei Hübsche hier draußen ganz allein?" Leigh stützte eine Hand auf Cadies Rückenlehne. Für Bevan hätte es wenig Unterschied gemacht, wenn er ihrer Schwester stattdessen eine Armbrust an die Stirn gehalten hätte.

Cadie merkte, dass ihrem Vater hier verantwortungsloses Handeln vorgeworfen wurde. „Er kommt gleich zurück! Und wir sind ja gar nicht allein!"

Bevans Herz blieb stehen.

---

* Leigh hatte ein Auge für Familienähnlichkeiten und Altersunterschiede.

„Ach was?" fragte Leigh lauernd und hockte sich neben Cadies Stuhl. „Seid ihr das nicht?"

„Nein!" beharrte Cadie. „Bevan und ich, wir sind doch zwei! Da sind wir nicht allein."

Bevan entließ unauffällig den angehaltenen Atem und musste sich ein Lächeln verkneifen.

Leighs Gesicht nahm einen gewissermaßen müden Ausdruck an. „Ah ja."

Er seufzte leise, als hätte er eben den Spaß an der ganzen Angelegenheit verloren, dann stand er auf und kam um den Tisch zu Bevan. Kommentarlos griff er sie am Arm und schob sie Richtung Tür, bis sie mit dem Rücken gegen die Kante des Küchenschranks stieß.

„Schön, genug davon. Wo ist er?"

„Wer?"

„Na Dargh! Der Schattenalb, den die kleine Nervensäge ständig in ihr Malbuch krakelt!"

Bevan tat ratlos. „Ich weiß doch auch nicht, woher sie ihre Ideen nimmt. Wo sollten wir denn einen Schattenalben herhaben?"

Sein Griff um ihren Arm wurde schmerzhaft fest. „Du sagst mir jetzt, was du weißt, oder deine Schwester kann ihre Jugend im Kinderheim verbringen."

Trotz aller Angst gärte in Bevan der Zorn. Nicht auf Cadie, weil sie unvorsichtig gewesen war, sondern auf die Hexenjäger, speziell auf diesen Fatzke hier, der einfach in ihre Küche kam und es wagte, ihre Familie zu bedrohen. Dennoch war ihr klar, dass sie sich gerade jetzt beherrschen musste, so schwer es ihr auch fallen mochte. Sie ballte die Fäuste, hielt ihre Stimme aber bewusst ruhig.

„Hier ist niemand, und nur weil du das gerne so hättest, wird auch niemand auftauchen."

Leigh senkte den Kopf und gab ein leises Geräusch zwischen Schnaufen und Lachen von sich, wie Leute das machen, denen gerade eine unfassbare Dreistigkeit an den Kopf geworfen worden war.

„Hör mal, Schätzchen…", fing er drohend an, als ihn von draußen seine Kollegin rief. Leigh steckte den Kopf aus der Tür. „Was?"

„Sir, der Vater ist da", meinte die Hexenjägerin.

„Na schön", murmelte Leigh. „Dann kommt mal mit. Du auch", raunzte er Cadie an.

Das Mädchen erhob sich missmutig, sagte aber nichts. Die Situation war ihr nicht geheuer und sie mochte es nicht, dass der Blonde ihre Schwester so am Arm hielt. Leigh ließ Cadie nicht aus den Augen, bis sie durch die Tür war, dann folgte er und zog Bevan mit nach draußen. Vor der Veranda standen wieder die beiden Hexenjäger, zwischen ihnen jetzt ein blasser Acton, der noch blasser wurde, als er seine Töchter mit dem Elitejäger sah. Advokat wurde vom Hexenjäger am Zügel gehalten und musterte die sonderbare Versammlung verständnislos. Cadie pfiff auf ihre Haltung, lief zu ihrem Vater und klammerte sich an ihn. Der Hexenjäger regte sich vage, das zu unterbinden, aber Leigh winkte ab. Er stellte sich vor Acton und ließ endlich Bevan los, die sich diskret den Arm rieb.

„Du weißt, wieso wir hier sind?", wollte Leigh wissen.

„Nun… deine Kollegen meinten, ihr sucht jemanden?"

Leighs ohnehin beschränkte Geduld ließ langsam nach.

„Erzähl mir keine… wo ist der Schattenalb?"

Acton stutzte, eine aufrichtige Verblüffung simulierend, die ihn zur Zierde eines jeden Theaterensembles gemacht hätte. „Schattenalb? Warum sollte denn hier ein Schattenalb sein? Und wo?"

Leigh biss die Zähne aufeinander. Der Vater war ja noch schlimmer als die Töchter! Er wandte sich fragend an die Hexenjägerin, die Haltung annahm.

„Wir haben nichts gefunden, Sir. Keine Außergewöhnlichkeiten."

„Was ist mit der Scheune?"

Sie tauschte einen verlegenen Blick mit ihrem Kollegen. „Ähm, die... die war abgesperrt."

Leigh fasste sich an die Nasenwurzel. „Wo ist der Schlüssel?"

„Ich habe ihn", meinte Acton nach kurzem Schweigen. „Sie ist immer abgeschlossen, wenn das Pferd draußen ist."

Das stimmte nicht - wenn die Scheune jetzt abgeschlossen war, dann weil Dargh die Hexenjäger gehört und von innen den Riegel vorgeschoben hatte. Leigh hielt ihm auffordernd die Hand hin, also kramte Acton den Schlüssel hervor und gab ihn ihm.

Der Elitejäger zeigte auf die beiden Hexenjäger, Acton und Cadie. „Ihr bleibt hier." Er drehte sich zu Bevan. „Wir beide schließen jetzt die Scheune auf."

Bevan schluckte, nahm aber den Schlüssel und wechselte einen kurzen Blick mit ihrem Vater, in dem sie ihn bat, ruhig zu bleiben. Leigh griff sie wieder am Arm und ging mit ihr zur Scheune hinüber. Auf dem kurzen Weg überlegte Bevan fieberhaft, wie sie Dargh bloß helfen könnte.

Sie setzte auf sein sensibles Gehör und sagte laut: „Ich hoffe, ich bekomme das Tor auch auf, es verzieht sich manchmal und hakt."

„Das schaffst du schon", murrte Leigh unbeeindruckt.

Vor dem Scheunentor blieben sie stehen. Er machte eine auffordernde Geste zum Schloss hin. Bevan seufzte leise. Hoffentlich hatte Dargh sie gehört und den Innenriegel aufgeschoben. Sonst würde sich die Tür nicht öffnen und es wäre klar, dass drinnen jemand sein musste. Aber selbst wenn, wo sollte sich der große Dargh ungesehen verstecken? Durch das Dachfenster passte er auch nicht, er saß in der Scheune fest. Sie musste ihm wenigstens mehr Zeit geben. Mit zitternden Fingern schob sie entschlossen den Schlüssel ins Schloss. Die Hand des Hexenjägers legte sich über ihre.

„Schön sachte", meinte Leigh. „Wir wollen doch nicht, dass jetzt der Schlüssel abbricht."

Mist, dachte Bevan und entspannte notgedrungen ihren Arm.

Er nahm die Hand weg und sie drehte den Schlüssel im Schloss, das leise klickte. Leigh wich zur Seite, so dass er nicht mehr direkt vor dem Tor stand und bedeutete ihr, es aufzuschieben. Sie biss die Zähne aufeinander und drückte gegen das Holz. Die Tür schwang leise knarrend auf. Nichts weiter passierte. Leigh griff sie wieder am Arm und schob sie vor. Sie traten in die Scheune. Verstohlen sah sich Bevan um, doch sie entdeckte nichts, kein Schattenalb in Sicht. Der Hexenjäger glitt an ihr vorbei und prüfte die wenigen offensichtlichen Winkel routiniert, wobei er den alten

Kamin mit einem Stirnrunzeln bedachte; sowas hatte er wohl auch noch nicht oft gesehen.

„Rühr dich nicht vom Fleck", befahl er Bevan schließlich und pfiff nach den anderen.

Die Hexenjägerin blieb bei Acton und Cadie in der Tür stehen, während ihr Kollege Leigh dabei half, die Scheune gründlich zu durchsuchen. Sie wühlten im Heu, sahen hinter ein paar aufgestapelte leere Kisten und schließlich kletterte Leigh sogar zur Dachluke hoch, schaute hinaus und von oben auf den Scheuneninnenraum, doch er entdeckte nichts. Bevans Anspannung war mehr und mehr der Verwirrung gewichen — wo war Dargh hin? Sie wechselte einen kurzen Blick mit ihrem Vater, der fast unmerklich eine Schulter hob.

Leigh kam wieder hinuntergeklettert. Frustriert sah er in die Runde. „Hier ist nichts."

„Das haben wir doch versucht, dir zu erklären", meinte Acton sacht.

Leigh trommelte mit seinen Fingern auf dem Kaminsims herum. Er war versucht, die komplette Familie trotz allem festzunehmen. Von draußen hörte man das Getrappel eines sich nähernden Pferdes, das vor der Scheune hielt. Ein Hexenjäger sprang ab und kam herein.

„Ah, Sir", grüßte er seinen Vorgesetzten. „Du sollst sofort zurück ins Hauptquartier kommen. Lachlan braucht dich für eine wichtige Verhaftung heute Nacht."

Leigh stutzte. „Tatsächlich? Sofort?" Er sah sich zögernd nochmal in der Scheune um. Schließlich jedoch winkte er verächtlich ab. „Ach was soll's. Mir reicht's."

Er signalisierte seinen Untergebenen. Die Hexenjäger stiegen auf ihre wartenden Pferde. Leigh bedachte die kleine Familie, die verwirrt in der Scheunentür stand, noch mit einem abfälligen Blick, dann wendete er sein Pferd und die Hexenjäger stoben davon.

„Wo ist…" begann Cadie.

„Still", flüsterte Acton leise. „Vielleicht ist das eine Falle."

Doch auch nach einer Weile tat sich nichts, die Hexenjäger blieben verschwunden. Offenbar war der ganze Schrecken für sie tatsächlich nur eine kleine Routine gewesen und schon wieder halb vergessen. Schließlich gab sich Bevan einen Ruck und betrat die Scheune.

„Dargh?" rief sie leise. „Es ist gut, sie sind weg. Du kannst rauskommen."

Erst geschah nichts, dann begann es zu rumpeln, aus dem Kamin rieselten kleine Wölkchen uralter Asche. Ein unangenehmes Geräusch war zu hören, als zöge jemand einen Haken über Ziegelsteine, und schließlich rutschte Dargh unten aus dem Kamin. Seine Beine und die verkrampften Hände zitterten aufgrund der langen Anspannung, er hatte sich mit seinen Klauen oben im Schornstein festgehalten.

„Die ganze Zeit?" fragte Bevan erstaunt, während Cadie den Schattenalben umarmte und sich dabei vollrußte.

Acton kratzte sich den Nacken. „Was für ein Glück, dass sie nicht hoch in den Schornstein geleuchtet haben."

Dargh rieb sich die schmerzenden Hände und murmelte: „Ja, was für ein Glück für sie."

Dargh schaute unauffällig durch das Küchenfenster auf den dunklen Hof, doch nichts rührte sich. Acton trat neben ihn und warf ebenfalls einen schnellen Blick nach draußen, bevor er sich zu seinen Töchtern umdrehte, die zusammengekuschelt auf der Küchenbank saßen. Es war schon spät, weit über Cadies Schlafenszeit, aber keinem von ihnen war nach schlafen zumute gewesen.

„Na gut", sagte Acton sacht. „Es ist alles ruhig. Ihr müsst jetzt wirklich ins Bett. Wir sehen morgen weiter."

„Du kannst bei mir schlafen", meinte Bevan zu Cadie.

Die nickte erschöpft und ihre Schwester nahm sie an der Hand. Als sie aus der Küche gehen wollten, blieb Cadie stehen.

„Was, wenn die doch wiederkommen?" fragte sie.

„Ich bleibe wach und passe auf", brummte Dargh.

„Die ganze Nacht?", insistierte das Kind.

„Ja." Er wandte sich zu Acton. „Ihr solltet alle etwas schlafen."

Acton zögerte, nickte schließlich und verschwand mit seinen Töchtern durch die Tür.

Dargh sah wieder hinaus. Sie hatten großes Glück gehabt. Unter anderen Umständen, wenn es andere Hexenjäger gewesen wären, ein anderer von der Elite statt Leigh, dessen eigene Belange immer wichtiger für ihn waren als die Sache der Hexenjäger, hätte es wirklich hässlich werden können.

Seine feinen Ohren hörten Cadie in ihrem Zimmer fragen: „Aber was ist, wenn die ein anderes Mal wiederkommen?"

„Ich weiß nicht", antwortete Acton leise.

„Vielleicht sollten wir umziehen?" schlug Bevan ihrem Vater vor. „Zurück in die Stadt?"

„Ja... vielleicht wäre das eine Möglichkeit."

„Kommt Dargh dann in mein Zimmer?" fragte Cadie.

Einige Momente unangenehmes Schweigen, dann wieder Actons Stimme. „Das... Ich... wir werden sehen. Ihr müsst jetzt wirklich schlafen."

Die Tür knarrte, gefolgt von leisen Schritten. Durch den Türbogen sah Dargh Acton auf dem Flur, wie er vor seiner Zimmertür verharrte. Er schaute zu Dargh in die Küche, in seinen Augen ein trauriger, fast gequälter Ausdruck. Acton wandte sich abrupt ab und verschwand in seinem Zimmer. Im Haus herrschte Stille.

Dargh fuhr sich durch die Haare. Er fühlte sich wirklich wohl hier, auf diesem friedlichen Hof bei dieser kleinen, freundlichen Familie. Hier war er nicht so allein. Hier schien die Welt kein ganz so schrecklicher Ort. Aber er brachte diesen Schrecken mit, brachte seine Probleme in ihre Welt, gefährdete sie und zog sie in Dinge hinein, die nicht zu ihnen gehören sollten. Hinderte sie daran, sich in Sicherheit zu bringen. Er seufzte leise und ließ den Kopf hängen.

Am nächsten Morgen fuhr Cadie hoch, als sie die Haustür klappen hörte. Die Sonne ging gerade auf. Sie weckte ihre Schwester, als sie über sie hinweg aus dem Bett krabbelte. Bevan runzelte die Stirn und folgte Cadie in den Flur. Ihr Vater kam aus seinem Zimmer, als sie daran vorbeiging und trat hinter seinen Töchtern in die Küche.

Sie war leer. Auf dem Küchentisch stand eine kleine Holzfigur, geschnitzt in der letzten Nacht. Bevan nahm sie in die Hand und besah sich die Gruppe aus drei Figuren, die die Arme umeinander legten.

„Das sind wir", meinte sie leise. Sie sah ihren Vater an. „Dargh ist fort, oder?"

Acton nickte schweigend.

Cadie warf einen kurzen Blick auf die Figur, lief zum Küchenfenster und spähte vergeblich hinaus. Enttäuscht kam sie zurück zum Küchentisch und fragte verkniffen: „Wieso geht Dargh einfach so weg?"

Acton strich ihr über den Kopf. „Er hat das gemacht, um uns zu beschützen, weißt du."

Cadie verstand das irgendwo, aber gut fand sie es nicht. „Ich hätte lieber Dargh."

„Ich weiß, Schatz." Acton nahm sie auf den Arm.

Bevan legte ihren Kopf an die Schulter ihres Vaters. „Und jetzt?"

„Wir gehen zurück in die Stadt. Du wirst eine große Heilerin, Cadie eine berühmte Künstlerin, und sobald der Spuk mit den Hexenjägern vorbei ist, erzählen wir allen, wer uns das ermöglicht hat, bis es Dargh so unangenehm wird, dass er uns besucht, um uns zu sagen, dass wir damit aufhören sollen."

Bevan lachte leise.

Dargh stand hinter der Baumgrenze und beobachtete durch das Küchenfenster, wie sich Acton und seine Töchter umarmten. Er warf einen letzten Blick über den Hof, dann wandte er sich mit einem Ruck ab und verschwand im Wald.

Mazacan rannte. Er gab sein Bestes, den hier dicht beieinanderstehenden Bäumen, hinter denen er immer wieder Alisons hellen Pferdeschwanz in der Dunkelheit aufblitzen sah, auszuweichen. Und ein ganzes Stück weiter vorn erkannte er undeutlich den wehenden Kapuzenumhang der Person, die sie einzuholen versuchten.

Alles hatte so schnell gehen müssen; eine Benachrichtigung wegen verdächtiger Aktivitäten auf einem verlassenen, abgelegenen Bauernhof, eine kurze Inspektion der Gebäude dort, plötzlich kam die Gestalt aus dem verfallenen Stall hervorgeschossen und floh mit beachtlicher Geschwindigkeit in den Wald. Alison hatte ähnlich fix geschaltet und sofort die Verfolgung aufgenommen. Mazacan rannte im Grunde nur hinterher, eher darum bemüht, sie nicht aus den Augen zu verlieren, als die Gestalt einzuholen. Er wich einem heransausenden Baumstamm aus und bekam dafür beinahe einen tiefhängenden Ast ins Gesicht. Er unterdrückte ein Fluchen, als er merkte, dass er nach dieser kurzen Ablenkung Alison nicht mehr sehen konnte. Er blickte sich verwirrt um. Erst im letzten Moment entdeckte er seine Kollegin, die stehengeblieben war und suchend auf den Boden zu starren schien. Mazacan wollte sie rufen, doch der Laut blieb ihm im Halse stecken, als das Gelände vor ihm plötzlich schräg nach unten abfiel. Er wurde zwangsläufig schneller und konnte nicht mehr rechtzeitig abbremsen. Alison hörte ihn heranstolpern und drehte sich um, aber da war es schon zu spät; sie krachten ineinander. Zu seinem Schrecken wurde Mazacan gleich darauf klar, dass Alison nicht auf den Boden geschaut, sondern eine steile Böschung hinuntergesehen hatte, über deren Kante nun beide stürzten. Die folgenden Momente bestanden für Mazacan aus einer rollenden Welt, harten Kanten und kratzender Vegetation, bis er schließlich hart am Fuß der Böschung im Gras aufschlug. Er schnappte nach Luft und wartete, bis ihn sein Verstand, der perplex oben stehengeblieben war, wieder eingeholt hatte.

Ächzend drehte er sich auf die Seite und entdeckte Alison ein Stückchen weiter weg. Sie hatte sich bereits aufgesetzt, hielt sich den rechten Knöchel und drehte den Kopf suchend in alle Richtungen. Mazacan, zu seiner Erleichterung von größeren Verletzungen verschont geblieben, rappelte sich auf und hockte sich neben sie. Bevor er noch den Mund aufbekam, zischte sie: „Wo ist er hin?"

„Wer?"

„Na, der Flüchtige!"

Er sah sich um, konnte aber weit und breit niemanden entdecken. „Ich sehe ihn nirgends."

„Wir müssen..." Alison wollte aufstehen, verzog schmerzerfüllt das Gesicht und sank zurück auf die Wiese. Sie krallte sich mit einer Hand ins Gras, mit der anderen an ihren verletzten Knöchel. „Du bist aber auch ein Trampel!'", entfuhr ihr zwischen zusammengebissenen Zähnen.

„Tschuldigung. Ist es schlimm?"

Widerwillig betastete sie die Stelle und musste zugeben: „Es scheint anzuschwellen."

Ihm tat das leid, schließlich hatte er es ihr eingebrockt.

„Nicht, dass noch was gebrochen ist. Du musst ihn dringend hochlegen und kühlen."

„Sehr witzig! Wie denn?"

Mazacan sah sich erneut um. Hier gab es nur sanfte, grasbewachsene Hügel, die sich im nächtlichen Wind wie Wellen zu wiegen schienen. Der Mond war schwach und gab kaum Einzelheiten von der Dunkelheit preis. Da bemerkte er in der Ferne ein zartes Leuchten. Mazacan kniff die Augen zusammen und erkannte einen gedämpften, flackernden Lichtschein, wie ein kleines Feuer hinter nicht ganz bündig schließenden Fensterläden.

„Da hinten ist ein Haus", sagte er und zeigte in die entsprechende Richtung. „Dort können wir Hilfe bekommen."

Alison blinzelte skeptisch in die Nacht. „Wenn da tatsächlich ein Haus ist, wissen wir nicht, wer darin lebt. Wir sollten kein Risiko eingehen."

Mazacan stand auf. „Dein Knöchel muss versorgt werden. Der Boden ist eiskalt und die Temperatur wird heute Nacht noch weiter fallen. Du kannst hier nicht sitzen bleiben."

Sie wollte widersprechen, aber ihr immer heftiger schmerzendes Fußgelenk ließ sie einsehen, dass er wohl recht hatte.

Er beugte sich zu ihr. „Komm, ich trage dich."

„Nein", wies sie ihn sofort scharf ab. „Das wirst du nicht." Mühsam und sichtlich unter Schmerzen kämpfte sich Alison auf die Beine, obwohl sie einen leisen Wehlaut nicht unterdrücken konnte, als sie den verletzten Fuß kurz belasten musste. Sie stand, aber laufen konnte sie so nicht.

„Darf ich dich wenigstens stützen?" fragte Mazacan.

Sie hatte keine andere Wahl, also nickte sie. Er legte einen Arm um sie, so weit sie ihn ließ, und sie klammerte sich mit einer Hand hinten an seinem Wams fest. Er war zu groß, um ihren Arm einfach um seine Schultern zu legen, und sie hinkten mehr schlecht als recht auf den schwachen Lichtschein zu. Mazacan konnte kaum mitansehen, wie sie stumm und stur litt, aber er verstand irgendwo, warum. Sie kannten einander kaum, und sie konnte nicht wissen, wie er sich verhalten würde oder was für Geschichten er vielleicht später daraus machte und unter den Kollegen verbreitete. Alison galt als still, aber zäh, und das, obwohl sie recht jung und zierlich war. Sie hatte sich diesen Ruf und den Respekt ihrer Kollegen hart erarbeiten müssen. Das würde sie nicht riskieren, indem sie vor dem Neuen irgendeine Schwäche zeigte.

Mazacan seufzte erleichtert, als sie endlich ihr Ziel erreichten. Es handelte sich um ein altes, doch gut in Stand gehaltenes, kleines Haus; das Licht, das er gesehen hatte, drang tatsächlich zwischen den verschlossenen Fensterläden hervor. Alison war mittlerweile blass und hing deutlich schwerer als zuvor an ihm, also verschwendete Mazacan keine Zeit und klopfte laut gegen die Haustür. Ein leichter Schatten fiel über den Lichtschein, als hätte sich drinnen jemand bewegt, doch geöffnet wurde nicht. Verständlich, bei einem so abgelegenen Haus und so spät am Abend.

„Hallo?" rief Mazacan.

„Das hat keinen Sinn", murmelte Alison, die gewiss keine Optimistin war.

Er schüttelte den Kopf und klopfte abermals. Nach erneuter längerer Stille kam von drinnen plötzlich eine strenge Frauenstimme: „Geht weg."

„Bitte mach auf", ließ Mazacan nicht locker. „Wir brauchen Hilfe, meine Kollegin ist verletzt."

„Sag ihnen das nicht", flüsterte Alison. „So wirken wir hilflos, das können sie ausnutzen."

Mazacan empfand ihr konstantes Misstrauen gegen alles und jeden als verstörend, ihm war aber auch klar, dass diese Haltung nicht aus dem Nichts heraus kam und er sich in seinem neuen Beruf besser daran gewöhnen sollte, ob es ihm nun gefiel oder nicht. Unentschlossen schwankte er zwischen abermaligem Klopfen und Rückzug, als sich die Haustür auf einmal ein Stück weit öffnete. Sanftes Licht fiel auf die beiden, durch den Türspalt lugte misstrauisch eine alte Frau mit markanten, wettergegerbten Zügen.

„Verletzt? Was hat sie denn?"

„Sie hat sich den Knöchel verdreht und kann nicht laufen." Mazacan dachte, dass das irgendwie nach einer lahmen Ausrede klang und fügte an: „Vielleicht ist er gebrochen."

Die Frau musterte Alison kritisch, die, egal, wie sehr sie es auch versuchte, nicht mehr verbergen konnte, dass es ihr wirklich nicht gut ging. Die Hausherrin schnaufte schließlich merkwürdig frustriert. „Na schön. Dann kommt halt rein."

Die Tür öffnete sich ganz und Mazacan bewegte seine nicht sehr kooperative Kollegin halb hebend, halb ziehend in das Haus hinein. Drinnen schob die Bewohnerin die Haustür gleich wieder hinter ihnen zu, wohl, um die kalte Nachtluft draußen zu halten, dann erst machte sie eine kleine Lampe auf dem Küchentisch an. Deren heller Schein offenbarte eine rustikale Wohnküche. Flüchtig fragte sich Mazacan, warum zuvor nur schwaches Dämmerlicht geherrscht hatte und vermutete, dass die Hausbewohnerin wohl gerade dabei gewesen war, schlafenzugehen. Sie schürte unbeeindruckt das kaum noch brennende Feuer im Kamin, dessen sanften Schein Mazacan durch die Fensterläden hatte fallen sehen, und deutete knapp über die Schulter auf einen alten Ohrenbackensessel mit Fußhocker.

„Setz deine Kollegin da hinein und leg ihren Fuß hoch."

Kurz, bevor sie den Sessel erreicht hatten, machte Alison sich von ihm los und humpelte die letzten Schritte alleine. Eindeutig erschöpft, ließ sie sich in das schwere Möbelstück fallen und hob in einem letzten Kraftaufwand den verletzten Fuß auf den Hocker. Flach atmend legte sie den Kopf gegen die hohe Lehne und schloss kurz die Augen, eine Mischung aus Erleichterung, endlich zu sitzen, und Reue, sich zu viel zugemutet zu haben. Das komplette Manöver war so schnell von statten gegangen, dass Mazacan jetzt erst die

Arme sinken ließ, mit denen er hatte versuchen wollen, sie davon abzuhalten.

„Gut", murmelte die Hausherrin ungerührt, füllte einen kleinen Topf mit Wasser und hängte ihn über das Feuer. Sie kramte kurz in einer schwarzen Stofftasche, die unauffällig in einer Ecke neben dem Kamin gelegen hatte, und holte ein kleines Tütchen hervor, dessen Inhalt sie in den Topf gab. Ein würziger, grüner Geruch breitete sich aus, also beschloss Mazacan, dass es sich um eine Kräutermischung gehandelt haben musste.

„Sollte der Schuh nicht runter?" fragte er irgendwie scheu.

Die ältere Frau nickte nur und rührte konzentriert in dem Kessel über dem Feuer. Er bemühte sich, nicht an das Klischeebild einer Hexe zu denken, wandte sich seiner Kollegin zu und kniete sich neben den Hocker. Der verletzte Knöchel schien in der Zwischenzeit noch dicker geworden zu sein.

„Das wird kurz wehtun, fürchte ich."

„Es tut sowieso schon weh", murrte Alison.

Mazacan hatte mal seinem Vater geholfen, die Stiefel von den halberfrorenen Füßen eines seiner Leute zu bekommen, der Vorteil dort war allerdings gewesen, dass der Mann eh kaum noch etwas gespürt hatte. Er versuchte, sich an das richtige Timing von Ziehen und Kippen zu erinnern. Mit einem leisen Geräusch gab der Stiefel Alisons Fuß frei. Sie hatte sich während der Prozedur an die Armlehnen geklammert und die Lippen aufeinandergepresst. Vorsichtig pellte Mazacan den schwarzen Socken ab. Die Haut darunter war geschwollen und bläulich verfärbt.

„Oje", murmelte er leise.

Die Hausherrin kam herüber und befühlte den Knöchel gewissermaßen forsch, aber erstaunlich fachkundig. „Halb so schlimm. Ist nichts gebrochen." Sie kehrte zurück zu ihrem Kessel. „Mach das Bein frei."

Mazacan streckte schon die Hand aus, bekam von Alison aber einen so scharfen Blick, dass er sie zurückzog. Die Hexenjägerin beugte sich vor und rollte selbst das Hosenbein bis zum Knie hoch, auch wenn es ihr schwerfiel. Die ältere Frau durchtränkte ein längliches Stück Stoff mit dem Gebräu auf dem Feuer, das durch die Flüssigkeit eine bläuliche Farbe annahm, und wandte sich zu Alison, um es ihr um den Fuß zu wickeln.

„Ist Wärme nicht genau das Falsche?", fragte Mazacan verwirrt, und seine Kollegin fuhr zurück, überzeugt, im Haus einer Quacksalberin gelandet zu sein.

Sie stutze, als der Stoff ihre Haut berührte. „Aber – das ist ja kalt!"

Die Hausherrin zog nur eine Augenbraue hoch und wickelte den kühlenden Verband um Alisons Knöchel. Die Hexenjägerin entspannte sich minimal.

„Wie kann es vom Feuer kommen und kalt sein?" murmelte Mazacan, erinnerte sich dann dunkel, mal etwas über Pflanzen gelesen zu haben, die in Kombination und unter Zugabe von Wärme diesen widersprüchlichen Effekt zeigten. „Du musst eine sehr erfahrene Heilerin sein."

„Das ist auch nötig, wenn man alleine hier draußen lebt." Sie wühlte kurz in ihrer schwarzen Tasche und zog ein kleines Fläschchen hervor, das sie der Verletzten hinhielt. „Trink einen Schluck hiervon. Gegen eine Entzündung. Es wird auch gegen die Schmerzen helfen."

Alison sah sie an, als sei die Frau von Sinnen. „Nein, danke", murrte sie gepresst.

Die Hausbewohnerin lächelte spöttisch. „Denkst du, ich will dich vergiften?"

Das war so ziemlich genau das, was der Hexenjägerin durch den Kopf ging. „Es ist nicht nötig", beharrte sie und lehnte sich demonstrativ von dem Fläschchen weg. Sofort verzog sie wieder schmerzerfüllt das Gesicht.

Mazacan hatte hier genug. „Meine Güte, Alison, du bist verletzt und diese Frau versucht, dir zu helfen!"

Sie fuhr zu ihm herum. „Sei nicht so verdammt naiv, Mazacan! So überlebst du unter uns kein Jahr!"

Der Nordmann stutzte betreten, denn da war wohl etwas Wahres dran. Er versuchte es ruhiger, vom logischen Gesichtspunkt her. „Wenn sie uns etwas tun wollte, hätte sie uns doch gar nicht erst reinlassen müssen. Alles, was sie bisher getan hat, hat dir geholfen. Warum sollte sie dich dann jetzt plötzlich umbringen?"

Alison fielen immer noch ein paar gute Gründe dafür ein, doch sie musste zugeben, dass diese ziemlich weit hergeholt waren. Sie zögerte und seufzte schließlich frustriert. „Na schön, aber wenn sich zeigt, dass ich doch recht hatte, geht das auf deine Verantwortung!"

Sie schnappte sich das Fläschchen, trank einen kleinen Schluck daraus und reichte es zurück. Die Hausherrin nahm es ungerührt entgegen und verstaute es wieder in ihrer Tasche. Was immer das für ein Trunk gewesen sein mochte, er wirkte sehr schnell. Es war nicht zu übersehen, wie sich Alisons verkrampfte Muskeln nach und nach entspannten, sie schmolz quasi in den Sessel.

„Ist der Schmerz besser?" fragte Mazacan nur zur Sicherheit dennoch.

„Hm", machte Alison vage, als handle es sich um eine streng vertrauliche Information.

Die Hausbewohnerin musterte sie müde. „Ich nehme an, Hexenjäger zeigen keinen Schmerz."

Alison verzog das Gesicht und wollte wohl eine scharfe Antwort geben, da fiel Mazacan plötzlich etwas ein. „Das stimmt nicht. Als Eoin die Mütze wegtreten wollte, unter der dieser Stein lag, da hat er sehr deutlich seinen Schmerz gezeigt."

Alison sah ihn überrascht an, sie wusste sofort, was er meinte. Ihre Mundwinkel zuckten kurz. „Ich habe noch nie jemanden so lange und so laut fluchen hören. Dabei hatte er sich nur leicht den Zeh angeknackst." Ihr angedeutetes Lächeln verschwand. Versonnen schaute sie einen Moment lang ins Feuer, bevor sie murmelte: „Als ich neu war, hatte Wolcod mal einen Armbrustbolzen in der Schulter stecken. Er hat keinen Ton von sich gegeben, als sie ihn rausgeholt haben. Ich dachte kurz, er wäre tot."

Das hatte sie tief beeindruckt. Seit damals bemühte sie sich, eine ebenso unerschütterliche Haltung an den Tag zu legen wie der oberste Hexenjäger. Es gelang ihr nicht immer. Sie fuhr sich über die Stirn. Es mochte an der Erschöpfung liegen, doch sie fühlte sich etwas benommen.

Die Hausherrin kramte wieder in ihrer Tasche. „Wer seinen Schmerz nicht zeigt, hat meist Gründe dafür." Sie holte ein kleines Töpfchen hervor, entfernte den Verband und strich die grünliche Paste auf den lädierten Knöchel. Diesmal vergaß Alison, sich irgendwie dagegen zu sträuben.

„Es ist aber ungesund", meinte Mazacan mehr zu sich selbst.

Die alte Frau hob kurz den Kopf und musterte ihn abschätzend, bevor sie den kühlenden Verband erneut um den versorgten Knöchel wickelte. „Da hast du dir vielleicht den falschen Beruf ausgesucht."

Zu seinem Erstaunen reagierte Alison auf diese Bemerkung, als hätte die Hausbewohnerin sie angegriffen. „Nicht alle können sich ihren Beruf aussuchen. Manche müssen auch einfach auf das zurückgreifen, das ihnen möglich ist, ob sie es nun wollen oder nicht."

Wieder hob die ältere Frau den Kopf, diesmal bedachte sie Alison mit dem gleichen ruhigen, aber gnadenlosen Blick, den zuvor Mazacan bekommen hatte. „Das ist schon richtig. Aber in eine wie verantwortungsvolle Position muss man in diesem Notberuf dann aufsteigen? Vor allem, wenn man diese Verantwortung nicht dafür nutzt, um zu versuchen, die ungeliebten Umstände dort zu ändern?"

„Was weißt du schon", murrte Alison trotzig. Dann fuhr sie gereizt, aber immer schleppender, fort. „Ich wollte Krankenschwester werden. Tagsüber habe ich gelernt, abends als Aushilfe gearbeitet. Es war erschöpfend, aber ich wollte es unbedingt. Dann hat der König auf einmal Gebühren eingeführt, er meinte, man müsste es sich erst verdienen, dem Volk nutzen zu dürfen. Was für ein... ich konnte es mir nicht mehr leisten, die Ausbildung abzuschließen, ich hatte Schulden, ich musste meine Familie unterstützen, ich brauchte eine richtige Arbeit. Und das hier war alles, was es gab. Also... wurde ich Hexenjägerin. Später... folgte mir auch noch... mein kleiner Bruder..." Sie legte den Kopf gegen die Sessellehne und schloss die Augen. „Hätte ich bloß... Krankenschwester werden können", murmelte sie noch leise, dann kam nichts mehr. Alison war eingeschlafen.

„Das kommt vom Albenale", bemerkte die Hausherrin unbeeindruckt. „Es macht müde."

„Ich habe Alison noch nie so viel reden hören."

„Manche macht es auch gesprächig." Die Hausherrin schraubte den Salbentopf zu.

„Sind die Gebühren wirklich so hoch, um Krankenschwester zu werden?"

„Nicht mehr. Sie mussten es schon vor einigen Jahren zurücknehmen, weil ein so akuter Pflegekräftemangel entstand, dass selbst die Versorgung des Königs darunter litt."

Mazacan fuhr sich unbehaglich über den Nacken. Da war es für Alison zu spät gewesen. Die Hexenjäger konnte man nicht einfach so wieder verlassen. Kein Wunder, dass ihr Optimismus schwerfiel.

Die Hausherrin erhob sich und verstaute den Salbentopf in ihrer Tasche. „Pass auf, dass sie das Bein nicht bewegt. Ich bin gleich wieder da." Sie verschwand durch einen Durchgang in den hinteren Bereich des Häuschens.

Mazacan behielt seine schlummernde Kollegin eine Zeitlang im Blick, doch die schlief so tief und gleichmäßig, dass er selber davon müde wurde.

Er fuhr sich über die Augen. Die Hausherrin wusste wirklich eine ganze Menge. Fast schon erstaunlich viel, und nicht nur auf medizinischem Gebiet. Sie schien auch überhaupt keine Angst, geschweige denn Respekt, vor Hexenjägern zu haben, wenn es denn überhaupt jemanden gab, den diese Frau fürchtete. Aber warum hatte sie dann zuerst so getan, als wäre sie gar nicht da? Er rieb sich wieder den Nacken. Irgendetwas störte ihn. Sie benahm sich nicht so, wie Menschen das seiner Erfahrung nach normalerweise taten.

Erst hatte sie die Tür nicht öffnen wollen, aber sobald es um die Verletzung ging, wurden sie ins Haus gelassen und bemerkenswert professionell versorgt. Als wäre ihr Pflichtgefühl einfach stärker als irgendwelche Vorbehalte. Mazacan wusste, dass Heiler einen Eid schworen, allen zu helfen, die Hilfe brauchten und so weiter. War sie eine Heilerin? Hatte sie als Ärztin gearbeitet? Tat sie es noch? Er sah sich um. Nichts in dem Zimmer deutete darauf hin, es hingen nicht mal getrocknete Kräuter von der Decke. Alle ihre medizinischen Materialien waren aus der schwarzen Stofftasche gekommen. Er sah zum Kamin. Die Tasche war fort.

Ein Verdacht kam in ihm auf. Mazacan ließ Alison in Ruhe weiterschlafen, eilte durch den kleinen Durchgang und folgte dem schmalen Flur dahinter bis zu einer Tür an dessen Ende. Er öffnete sie und stutzte überrascht, als er in einen relativ großen Stall trat. Zu seiner Rechten standen eine Kuh und ein kleiner Esel in ihren Boxen und schienen zu dösen, das einzige Licht kam von einer kleinen Nachtlampe an einem der Deckenbalken. Er sah die Gestalt, jetzt wieder in ihrem schwarzen Kapuzenumhang, wie sie gerade die Stalltür öffnen wollte, um ins Freie zu verschwinden.

„Halt!" befahl er streng, das Schwert in der Hand.

Mehr aus Neugier denn aufgrund seiner Autorität drehte sich die Gestalt um. Es war die Hausbewohnerin, aber jetzt stand sie gerade und aufrecht und wirkte, als sei jedes Alter von ihr abgefallen. Selbst die Kleidung, die unter dem schwarzen Cape hervorblitzte, schien nun andere zu sein.

„Wer bist du? Das hier ist nicht dein Haus, oder? Es war nur gerade keiner da." Nach dieser geistig nicht allzu herausfordernden Schlussfolgerung traf ihn eine Eingebung. „Das... ist nicht dein wahres Gesicht, oder?"

Maskenzauber gehörten zur höchsten Stufe der Illusion, und nur sehr versierte Magier meisterten ihre Beherrschung, ganz abgesehen davon, sie so lange fehlerfrei aufrechtzuerhalten, wie die Person vor ihm es getan hatte. Die vermeintliche Hausbewohnerin legte kurz den Kopf schief, als hätte er es annähernd geschafft, sie zu beeindrucken. Dann verschwanden ihre Züge allmählich wie Morgennebel in der Sonne, und gaben das klar geschnittene Gesicht einer Dunkelelbin mit kühlen roten Augen frei.

Mazacan musste sich an einem der Stützpfeiler festhalten. Adigis! Die Anführerin des Widerstandes höchstpersönlich! Die mächtigste Magierin der Dunkelelben! Hier im Stall! Er runzelte die Stirn.

Warum hatte sie den Maskenzauber fallen lassen und ihm so ihre Identität offenbart? Er erinnerte sich, mal gelesen zu haben, dass man nur einen der komplexeren Zauber gleichzeitig problemlos halten konnte. Wenn sie die Maske also aufgab, bereitete sie gerade einen anderen Zauber vor, und tatsächlich sah er das leichte Spratzeln violetter Funken zwischen den Fingern ihrer linken Hand. Adigis würde ihn mühelos mit einer einzigen magischen Entladung in die nächste Woche hauen können.

„Warte!" rief er. Als sie zögerte, ließ er gut sichtbar sein Schwert ins Heu fallen und hob beschwichtigend beide Hände.

Sie konnte sich denken, dass er das machte, weil er allein keine Chance gegen sie haben würde, also wollte sie sich einfach umwenden und verschwinden. Aber - wenn sie ihn so leicht überwältigen konnte, warum hatte sie es nicht gleich getan? Warum hatte sie ihn und Alison überhaupt ins Haus gelassen?

„Moment", bat Mazacan schnell. „Bitte, ich hätte eine Frage."

Sie drehte sich stirnrunzelnd zu ihm, nach wie vor bereit, ihm eine Ladung zu verpassen.

„Warum hast du uns geholfen? Du hättest uns einfach stehenlassen können und durch die Hintertür verschwinden."

Sie zögerte, dann verlosch das Glimmen zwischen Adigis' Fingern. „Deine Kollegin war verletzt. Ihr wart allein, keine unmittelbare Gefahr und brauchtet Hilfe. Ich konnte helfen, also habe ich geholfen."

Mazacan nickte, perplex über diese einfache Antwort, die ihm fast wie aus einer anderen Realität erschien, so wenig hatte sie mit der Herangehensweise der Hexenjäger gemein.

„Danke?" fragte er ratlos. Bevor er sich stoppen konnte, hörte er sich selbst sagen: „Geh nicht über die große Nordstraße, sie haben da heute überall versteckte Kontrollen."

Diesmal sah ihn Adigis aufrichtig erstaunt an. Sie merkte, dass er nicht gelogen hatte. „Warum erzählst du mir das?"

Ein Teil von Mazacan fragte sich das auch. Wenn die Hexenjäger davon erfahren sollten, wäre er dran. Der Rest von ihm meinte, ihr diese Information zu schulden, nachdem, was sie getan hatte. Er hob hilflos die Schultern.

„Ich -äh... es... es erschien mir irgendwie... richtig?"

Sie bedachte ihn mit einem Blick, den er nicht ganz deuten konnte, dann schüttelte sie sacht den Kopf. „Du hast dir wirklich den falschen Beruf ausgesucht." Damit verschwand sie lautlos durch die Hintertür und hinaus in die Nacht.

Mazacan kämpfte mit dem Impuls, ihr zu folgen, unsicher, ob er, sollte er sie einholen, versuchen wollte, sie im Überraschungsangriff festzunehmen, oder auf Knien anflehen, ihn im Widerstand aufzunehmen. Beides erschien ihm gleichermaßen verlockend wie absurd, also blieb er bloß starr an Ort und Stelle stehen. Noch nie hatte sich seine Berufswahl so allumfassend falsch angefühlt wie in diesem kurzen Moment.

Er schüttelte den Kopf, fuhr sich über das Gesicht und seufzte leise, dann hob er sein Schwert auf und steckte es fort.

„Nun ist es zu spät", murmelte er leise und ging zurück zu seiner Kollegin.

Dunmore ließ seinen strengen Blick wachsam über die Landschaft wandern. Menschen hätten in der Finsternis dieser regnerischen Nacht wohl nur wenig davon erkannt; seine dunkelelbischen Augen waren hier klar im Vorteil. Die sanften Hügel lagen leer vor ihm, das nasse Gras wiegte sich in den gelegentlichen leichten Windböen. Alles schien still und friedlich in dieser abgelegenen Gegend, deren Straßen allmählich verwilderten, seit die einzige Herberge weit und breit geschlossen hatte. Das alte Haus erhob sich hinter Dunmores Rücken, kalt und abweisend strahlte es etwas aus, das ihm nicht behagte.

Ein schwaches Licht kam um die Ecke des Gebäudes auf ihn zu. Es stammte von der kleinen, gedimmten Lampe, die Frann in der Hand hielt. Die Widerständlerin mit den wilden braunen Locken wirkte blass und hatte eine Hand über ihr Brustbein gelegt.

„Geht es dir besser?" fragte Dunmore, als er sich zu ihr wandte.

Frann nickte, aber es wirkte nicht sehr überzeugend. „Tut mir leid. Ich weiß nicht, wo diese Übelkeit plötzlich herkam."

Zwischen den Augenbrauen des Dunkelelben bildete sich eine feine Falte. Eigentlich war es riskant, hier noch mehr Zeit zu vertrödeln, doch er hatte schon länger in

Ruhe mit seiner Kollegin sprechen wollen, und nun ergab sich die Chance. Er räusperte sich leise.

„Seit wann weißt du, dass du schwanger bist?"

Frann stutzte und sah ihn erstaunt an. Dunmores Direktheit war nichts Neues, aber sie hätte nicht gedacht, dass ausgerechnet er es merken würde. Sie rieb sich die Schulter.

„Noch nicht lange. Etwa eine Woche."

„Diri hat es bestätigt?" Indiria war die leitende Heilerin im Widerstand. Abgesehen davon war sie auch mit Dunmore verheiratet, aber er bemühte sich, sein Privatleben aus der Arbeit herauszuhalten. Es war schon ungewöhnlich, dass er vor anderen die Kurzform ihres Namens benutzte.

„Ja."

„Hm. Was ist mit Daven?"

„Ich... hatte noch keine Gelegenheit, es ihm zu sagen."

Daven war Franns Freund, und so, wie Dunmore die beiden einschätzte, auch der Vater des Kindes. Er verstand aber, dass eine Schwangerschaft, zumal unter den derzeitigen Bedingungen, nicht unbedingt eine freudige Neuigkeit sein musste.

„Möchtest du das Kind denn?"

Frann dachte kurz nach. „Ja", sagte sie dann fest. „Und ich bin mir sicher, dass Daven es auch will. Es ist nur — er war so beschäftigt mit dem großen Auftrag heute in Burgh, dass ich dachte... ich fürchtete, es würde ihn irgendwie ablenken, weißt du? Dass ihm etwas passieren könnte. Ich wollte es ihm morgen erzählen, wenn das in Burgh vorbei ist." Sie fasste sich unsicher an den Haaren herum. „Wenn... wenn die Schwangerschaft fortschreitet, werde ich mich zurückziehen müssen. Und ich weiß nicht, ob ich danach noch..."

Sie stockte. Was sie versuchte, zu sagen, war, dass sie sich nicht sicher sein konnte, ob sie mit einem kleinen Kind noch für den Widerstand würde tätig sein wollen. Es war für viele der große Konflikt – sollten sie sich und womöglich ihre Familie in Gefahr bringen, damit es ihre Kinder später vielleicht mal besser haben würden, oder sollten sie ihrer Kinder zuliebe eben gerade kein Risiko eingehen? Alle mussten das für sich selbst und von Fall zu Fall entscheiden, und Dunmore war insgeheim ganz froh, selbst noch keine Kinder zu haben und sich diese Frage nicht stellen zu müssen.

Er brachte die Andeutung eines beruhigenden Lächelns zustande. „Mach dir keine Sorgen, Frann. Wir werden weitersehen, wenn es so weit ist. Und dann finden wir einen Weg, dich zeitweise oder dauerhaft verschwinden zu lassen."

Frann lächelte dankbar. Der Dunkelelb mochte streng und abweisend wirken, aber sie kannte kaum jemanden, der einem in schwierigen Situationen besser und selbstverständlicher weiterhelfen konnte als er.

„Danke. Ich..."

Plötzlich stutzte sie erschrocken, als sie etwas hinter ihm entdeckte. Er würde nie erfahren, wie ihm das hatte passieren können, aber kaum, dass er hörte, wie Frann entsetzt seinen Namen rief, traf ihn etwas von hinten und alles um ihn herum wurde schlagartig schwarz.

„Wach auf, mein Hübscher!"

Die spöttische Frauenstimme schnitt durch die Watte um Dunmores Bewusstsein und traf ihn stechend in der Schläfe. Fast zeitgleich realisierte er im Rücken einen Pfosten, um den seine Hände gebunden waren. Auch seine Knöchel schienen gefesselt. Er öffnete die Augen. Dunmore saß auf den durchgetretenen Dielen eines Holzfußbodens, der zu einem großen Schankraum gehörte, an einen der Stützpfosten in dessen Mitte gebunden. Ein Stück vor ihm stand ein wuchtiger Tisch mit Bänken, an dem lässig eine attraktive Brünette mit modischen schulterlangen Haaren lehnte. Sie trug eine Hexenjägeruniform der Elite und lächelte kühl auf ihn herab.

„Nun schau doch nicht so grummelig. Irgendwann mussten wir dich ja erwischen."

Dunmore würdigte das nicht mit einer Antwort und drehte den Kopf, auf der Suche nach Frann. Sie saß an den nächsten Pfosten gebunden, wirkte etwas blass, war aber bei Bewusstsein.

„Alles in Ordnung?" fragte sie ihn.

Er nickte nur knapp und sah sich weiter im Raum um. Hinten führte eine halbverfallene Treppe nach oben, zu seiner Linken erkannte er den Bartresen und eine kleine Tür, die wohl zu einem Wandschrank gehörte, direkt gegenüber von ihm befand sich der Vordereingang. Auf der Strecke dazwischen versperrten Tische, Bänke und die Hexenjägerin einen schnellen Fluchtweg.

Durch eine Doppeltür hinter der Bar kam eben ein einfacher Hexenjäger, vermutlich aus der Küche.

„Das Gebäude ist leer, Ma'am", vermeldete er brav, warf aber unwillkürlich einen schnellen, unbehaglichen Blick über die Schulter zurück in den dunklen Raum.

Sonst tauchten zu Dunmores Erstaunen keine weiteren Hexenjäger mehr auf.

Als hätte sie seine Gedanken gelesen, meinte die Brünette: „Mach dir keine Hoffnungen, Hübscher. Jeden Augenblick wird Verstärkung eintreffen."

Wie aufs Stichwort öffnete sich die Schenkentür knarrend. Der einfache Hexenjäger zuckte erschrocken zusammen, entspannte sich aber gleich wieder, da er die Neuankömmlinge als Kollegen erkannte; eine einfache Hexenjägerin und ein weiterer von der Elite, ein mittelgroßer Schwarzhaariger mit beunruhigender Aura.

„Was? Ist das alles?", fragte die Brünette empört.

„Ich wünsch dir auch einen schönen Abend, Heather", murrte der Schwarzhaarige unbeeindruckt.

„Zwei Leute, Reuben?" entgegnete sie. „Das ist doch nicht dein Ernst!"

Er zuckte mit den Schultern. „Sei froh, dass wir so schnell kommen konnten. So wichtig wird es ja wohl nicht sein."

„Ach ja?" meinte sie herausfordernd, trat zur Seite und deutete auf den Dunkelelben.

Auf Reubens finsteren Zügen zeigte sich echte Überraschung. „Dunmore? Wie – wie hast du das geschafft?"

„Tja", machte Heather nur und warf ihr Haar zurück.

Reuben schüttelte entschlossen den Kopf. „Den transportieren wir nicht zu viert und mitten in der

Nacht. Nicht nach dem, was er damals mit dem Stoßtrupp angestellt hat."

„Sag ich doch."

Frann musterte ihren Freund, über den hier gesprochen wurde wie über ein Gefahrengut, mit einem schnellen Seitenblick. Dunmores Gesicht war so reglos, als wäre es aus Stein gemeißelt, doch sie sah, wie er hinter dem Pfosten unauffällig seine Hände bewegte, um die Fesslung zu lockern. Es musste wehtun, aber er zuckte nicht mal.

Reuben warf sein feuchtes Regencape über eine Bank. „Lass uns hier bis morgen früh warten, wenn der Trupp aus Burgh zurückkommt. Sie müssen eh hier vorbei."

Heather zuckte mit den Schultern. „Muss wohl so sein. Ist da so viel los heute Nacht?"

„Hm. Der Widerstand will was Großes anstellen."

Dunmore sah hinüber zu Frann, die noch etwas blasser wurde. Die Hexenjäger hätten nicht im Voraus von dieser Aktion wissen dürfen. Daven konnte in ernste Schwierigkeiten geraten. Es war unerlässlich für den Widerstand, dass wenigstens er und Frann hier rauskamen. Aber wie?

Die einfache Hexenjägerin räusperte sich leise. „Ähm, vielleicht wäre es besser, wenn ich im Unterstand bei den Pferden warten würde und Ausschau nach der Verstärkung hielte?"

„Warum?" fragte Reuben hart. „Hast du etwa Angst vor ihm?" Er deutete mit dem Kinn auf den Dunkelelben.

Die Hexenjägerin vermied es ehrfürchtig, Dunmore anzusehen. „Nein, Sir. Es... um ehrlich zu sein, es ist das Haus."

„Das Haus? Wieso?"

„Jeder weiß, dass es hier spukt", platzte es da aus dem einfachen Hexenjäger heraus. „Seit der Sache damals mit der Wirtstochter."

„Welche Sache?" Reuben und Heather stammten beide aus Lyddwyr Wfnyth und waren mit der hiesigen Folklore nur flüchtig vertraut.

„Der Wirt hat seine Tochter in einem Wutanfall die Treppe hinuntergestoßen, als er erfahren hatte, dass sie von ihrem Freund ein Kind erwartet."

„Das soll mal einer bei mir versuchen", murmelte Heather verächtlich und setzte sich auf die Bank vor dem Tisch.

Reuben warf ihr einen kurzen Blick zu. Wer immer versuchte, sowas mit Heather zu machen, würde sich an beiden Enden der Treppe gleichzeitig wiederfinden.

„Der Wirt hat sich daraufhin im Moor ertränkt und der Vater des Kindes hat sich, als er vom Tod seiner Liebsten erfuhr, dort vor dem Fenster erhängt. Es heißt, sie seien immer noch hier, weil sie ja im Leben nicht zusammen sein konnten", ergänzte die Hexenjägerin.

„Wie romantisch", murrte Reuben ungerührt. „Aber Ausschau zu halten wäre wohl nützlich."

„Geht beide", meinte Heather, der der nervöse Hexenjäger irgendwie auf die Nerven ging.

Dankbar verschwanden die beiden Einfachen zur Tür hinaus. Frann fand es doch etwas bedenklich, dass ihnen ein Unterstand nachts im Regen behaglicher erschien als dieses Gebäude.

Reuben ließ sich auf die hintere Bank neben seinem Cape nieder. Er musterte die Gefangenen eine Weile. Sein Blick blieb an Frann hängen.

„Wer ist eigentlich sie?"

Heather hob die Schultern. „Keine Ahnung. Zu dem Gesicht gibt's keinen Steckbrief."

„Eine Schande", murmelte Reuben, und Frann wurde noch ein bisschen schlechter. „Hat der große Graue schon was gesagt?"

„Nein", meinte Heather und drehte sich zu ihrem Kollegen. „Nur, damit das klar ist; wenn die Verstärkung eintrifft, wird es keine Zweifel darüber geben, wer ihn festgenommen hat, verstanden?"

Er lächelte dünn. „Denkst du, du kannst damit endlich Lachlan beeindrucken, ja? Mach dir keine Hoffnungen, der ist höchstens sauer, weil er ihn nicht selbst erwischt hat."

Sie brummelte etwas Unverständliches, das nicht sehr höflich klang, und verschränkte die Arme.

Reuben beobachtete wieder die Gefesselten und meinte unvermittelt: „Also, Lockenköpfchen, wer bist du?"

Frann biss stumm die Lippen aufeinander.

„Sie will es nicht sagen."

Heather machte eine wegwerfende Handbewegung. „Sie wird es schon sagen, wenn Herrmann sie fragt."

„Mag ja sein, aber wenn du wirklich einen guten Eindruck machen möchtest, wäre es besser, beide schon von vorherein namentlich präsentieren zu können. Die, die ihre Namen nicht sagen wollen, sind nämlich meistens die, die wir am dringendsten suchen."

Heather dachte kurz stirnrunzelnd darüber nach, wieviel ihr Lachlans Lob denn wert wäre, dann stand sie entschlossen auf und ging auf Frann zu.

Dunmore wusste nicht, was sie machen wollte, aber es konnte nichts Gutes sein. Seine eiserne Kontrolle entglitt ihm kurz, als ihm entfuhr: „Sie ist schwanger!"

Heather stutzte bei seiner plötzlichen Äußerung. Im oberen Stockwerk knarrte etwas laut und langezogen. Sie sah verwirrt auf, dann musterte sie Frann, verstand nun, warum die Widerständlerin so blass und müde wirkte.

„Schwanger?" fragte sie empört. „Bei deiner Tätigkeit? In deiner Lage? Unverantwortlich!" Sie ging zurück zum Tisch und setzte sich wieder. Auf das Niveau, einer Schwangeren körperlich wehzutun, würde sich Heather nicht herablassen.*

Reuben hatte das Ganze interessiert verfolgt und sich eine mentale Notiz zu ihrer Reaktion gemacht. Er wandte sich an Frann.

„Weiß der Vater denn, was du so treibst? Oder ist er etwa auch im Widerstand? Ich kann nur hoffen, dass er heute Nacht nicht in Burgh ist."

Die Widerständlerin entgegnete nichts, im Hals einen würgenden Klumpen unterdrückter Tränen.

„Unverantwortlich", wiederholte Heather, irgendwie frustriert, weil sie durch Frann an eine moralische Grenze in sich erinnert worden war. „Wahrscheinlich weiß sie gar nicht, wer der Vater überhaupt ist."

---

* Zumal sie nicht wissen wollte, was Wolcod dann mit ihr machen würde.

Hier konnte sich Frann kurz nicht mehr beherrschen und zischte: „Schließ nicht von dir auf andere!"

Heather schnappte beleidigt nach Luft, Reuben lachte kehlig. Aber im nächsten Moment stand er auf und stellte sich vor Frann.

„Weißt du, Herzchen, du kannst hier gern weiter die Störrische geben, aber vielleicht solltest du dir mal überlegen, in welchem Heim du dein Kind aufwachsen sehen möchtest, da gibt es qualitativ nämlich immense Unterschiede. Natürlich wird es in jedem Fall zu einem ordentlichen, folgsamen Bürger erzogen werden, zumal wir darauf achten werden, dass es, und alle anderen, niemals vergessen werden, was für eine erbärmliche Verräterin seine Mutter doch war."

Mit einem wütenden Grollen fuhr Frann nach vorn und wollte ihn wenigstens treten oder sowas, aber Reuben wich nur höhnisch lächelnd aus.

„Mach nur weiter so, Herzchen. Und deine einzige Rolle im Leben dieses Kindes wird die des Makels der Schande sein."

Oben knallte etwas seltsam aggressiv und dermaßen laut, dass Hexenjäger wie Widerständler erschrocken zusammenzuckten.

„Was war das?" fragte Heather.

„Keine Ahnung."

„Du musst nachsehen."

Reuben bedachte sie mit einem finsteren Blick und zitierte ausnahmsweise die Vorschriften. „Erkundungen nur zu zweit."

Sie lugte zur Zimmerdecke, schob dann ihr Kinn vor. „Fein."

Die beiden Elitejäger stiegen die wackelige Treppe empor.

Dunmore beugte sich zu Frann, so weit er konnte. „Alles in Ordnung?"

Sie nickte schwach. „Sie haben mich nur so wütend gemacht." Sie seufzte. „Wenn sie Daven wirklich erwischt haben, muss ich hier weg. Sie dürfen uns nicht beide haben... ich weiß nicht, ob ich schweigen könnte, wenn ich ihm so helfen würde – und wenn er erfährt, dass ich..." Sie ließ den Kopf hängen.

Dunmore fragte sich, wie er sich wohl in ihrer Situation verhalten würde, wenn er vor die Wahl gestellt wäre, entweder den Widerstand oder Indiria zu verraten. Er musste zugeben, es nicht zu wissen, was sich für ihn wie ein Verrat an beiden Seiten anfühlte.

Er wollte gerade etwas erwidern, als die Lampe auf dem Tisch plötzlich flackerte. Er kalter Hauch, der sich nicht wie ein Luftzug, sondern ein Bereich kälterer Luft anfühlte, streifte an ihm vorbei. Da tauchten die beiden Elitejäger wieder am Kopf der Treppe auf.

„Wie kann etwas umfallen, wenn oben alles leer ist?" fragte Heather. „Wir haben es doch alle gehört!"

Ihr Kollege zuckte unbeeindruckt mit den Schultern. „Das Fräulein Treppensturz und ihr Hängefreund wollen wohl alleine sein."

Ein halber Ziegelstein kam angeflogen und knallte neben Reuben gegen die Wand, die ganze Treppe begann laut zu ächzen, es polterte, als fiele etwas darauf hinunter, wie aus weiter Ferne drang der langgezogene Schrei einer Frau. Heather fuhr erschrocken zurück, das gequälte Stöhnen ging ihr durch Mark und Bein.

Doch Reuben trat sofort vor und schnauzte: „Ich habe keine Angst vor euren Mätzchen! Das hier ist die Welt der Lebenden und ihr seid hier nicht erwünscht! Gebt Ruhe!"

Tatsächlich war es danach still, auf eine verblüffte Art und Weise. Nichts regte sich mehr.

„Das war nicht schlecht", musste Heather Reuben zugestehen.

„Die meisten Geister bringt es völlig aus dem Konzept, wenn man keine Angst vor ihnen zeigt. Sie wissen sich nicht anders zu helfen", murrte er nur, als sie wieder hinunterkamen.

„Ich hätte dich damals gebrauchen können, in diesem Schlosspark mit dem kopflosen Reiter. Was für eine Rennerei. Ich..."

Heather stutzte plötzlich. Ihr war, als würde draußen vor dem Fenster neben der Eingangstür eine große Form hin und her schwingen, noch dunkler als die Dunkelheit, die sie umgab. In dem Moment, als sie meinte, eine menschliche Gestalt mit einem bleichen Gesicht darin zu erkennen, mit offenen Augen, die sie anstarrten, verschwand der Schatten.

„Hast du... hast du das gesehen?"

Reuben winkte ab. „Das ist bloß der tote Freund, der Aufmerksamkeit braucht." Oben knallte frustriert eine der eigentlich ausgehängten Türen zu. „Siehst du? Ein Geist ohne jede Feinmotorik, nur zu plötzlichen Ausbrüchen imstande. Kommt nicht mal auf die Idee von konstruktiven Handlungen. Deswegen nennt man es ja Poltergeist."

„Wie kommt es, dass du dich so gut auskennst?", fragte Heather widerwillig beeindruckt.

„Ich bin in einem Spukhaus aufgewachsen, mit gewalttätigen Geistern und Eltern, die partout nicht dran glauben wollten. Mich kann gar nichts mehr erschrecken. Nicht nach dem Keller." Reuben setzte sich wieder auf die Bank und starrte finster ins Nichts.

Heather wollte nachfragen, ließ es dann aber lieber. Sie musste zugeben, dass das manches an ihm erklärte. Er schien wirklich vor nichts Angst zu haben. Sie empfand das als nicht erstrebenswert. Sie lehnte sich an die Tischkante von vorhin.

„Ich mag das nicht", murmelte sie leise.

„Fürchtest du die Toten oder den Tod?", fragte eine tiefe Stimme und Heather brauchte kurz, um zu realisieren, dass der Dunkelelb gesprochen hatte.

Sie stockte erst, dann lächelte sie dünn. „Weder noch. Nichts ist so fürchterlich wie das Leben, oder?"

Dunmore dachte kurz über diese unerwartet tiefgründige Antwort nach, schließlich nickte er einlenkend.

„Hört auf, zu schäkern", murrte Reuben, ohne hinzusehen. „Wir werden hier noch eine Weile warten müssen, und die würde ich gerne ohne morbide philosophische Betrachtungen hinter mich bringen."

„Was möchtest du denn machen?" fragte Heather mürrisch. „Die Wand anstarren?"

„Tatsächlich würde ich das bevorzugen, ja."

Sie schnaufte missbilligend und drehte ihm wieder den Rücken zu. Was für ein kulturloser Langweiler.

Frann lehnte ihren Kopf gegen den Pfosten, an dem sie saß. Sie war zu erschöpft, um noch groß irgendeine Gefühlsregung zustande zu bekommen. Aus dem Augenwinkel sah sie, wie Dunmore weiter unauffällig, aber verbissen, an seinen Fesseln zerrte, während er nachdachte. Seine Handgelenke waren schon ziemlich ramponiert – Indiria würde schimpfen, wenn sie das sah. *Wenn* sie es denn jemals sehen würde. Frann schloss die Augen. Sie wollte nur noch hier weg, ihr ungeborenes Kind in Sicherheit bringen. Ein scheußliches, nagendes Gefühl tief in ihren Eingeweiden prophezeite ihr, dass es das letzte war, das ihr von Daven bleiben würde.

Sie schauderte, als sie eine merkwürdige, plötzliche Kälte hinter sich bemerkte. Die Kälte schien sich um ihre Handgelenke zu verdichten, und einen Sekundenbruchteil lang meinte sie, zierliche Finger zu spüren. Dann lösten sich ihre Fesseln plötzlich und glitten zu Boden. Frann war geistesgegenwärtig genug, sich nichts anmerken zu lassen. Sie starrte zu Dunmore hinüber, bis der den Kopf drehte und signalisierte ihm dann mit den Augen, wo er hinsehen sollte. Er zog leise die Luft ein, als er die losen Fesseln entdeckte.

„Eine Ablenkung" raunte er kaum hörbar. „Sie dürfen uns nicht sehen."

„Was murmelst du da?" wollte Reuben wissen.

„Ich... bete."

"Elben beten?" fragte Heather überrascht. „Ihr habt doch gar keine Religion."

„Ich spreche ein allgemeines Mantra der Ruhe."

„Ugh", machte Reuben angewidert.

„Und, hilft's?" erkundigte sich Heather, die alles ausprobierte, um ihre inneren Konflikte zu bändigen.[*]

„Das wird sich zeigen", meinte Dunmore nur leise.

Da klopfte es plötzlich mehrmals. Die Hexenjäger sahen erst zur Tür, aber von daher kam es nicht. Erneut ertönte das beharrliche, unregelmäßige Geräusch.

„Es kommt aus dem Wandschrank", erkannte Heather und wurde ein bisschen blass.

„Verdammt nochmal", motzte Reuben. „Ich habe euch gesagt, dass ihr Ruhe geben sollt."

Das Klopfen, lauter und schneller, wiederholte sich, als wolle es ihn verspotten. Reubens Schwäche war, dass er sich provozieren ließ. Er stand auf und ging stracks zum Schrank.

„Seit leise da drinnen, verflucht!" Er riss die Schranktür auf.

Heather konnte nicht erkennen, was er dort sah, aber er runzelte die Stirn und trat in den kleinen, dunklen Raum vor ihm. Dann herrschte Stille.

„Reuben?" fragte sie und näherte sich vorsichtig der offenen Schranktür. Sie blieb im Durchgang stehen. „Was ist los?"

Er drehte sich zu ihr und hob verwirrt die Schultern. „Ich dachte, ich hätte..."

Plötzlich spürte Heather eine eisige Kälte hinter sich, dann stieß sie etwas mit Wucht in den Schrank hinein und schlug die Tür hinter ihr zu. Sie landete geradewegs in Reubens Armen, dem das, zu seinem eigenen Erstaunen, weit besser gefiel als er je für möglich gehalten hätte.

---

[*] Bisher allerdings vergebens.

„Was war das? Was hat mich gestoßen?"

„Gestoßen? Da war nichts hinter dir."

Sie verarbeitete das für eine Sekunde, dann wurde sie wütend. „Du und deine dämlichen Geister! Du musstest sie ja unbedingt reizen! Kennst dich aus, dass ich nicht lache!"

Reuben schwankte einen, für ihn sehr merkwürdigen, Moment lang zwischen den heftigen Impulsen, seine Kollegin entweder anzuschreien oder zu küssen, aber bevor er eines davon tun konnte, war sie schon wieder aus seinen Armen und hämmerte fluchend gegen die davon unbeeindruckte Schranktür. Irgendwie empfand er das als Verlust.

Frann robbte mit ihren noch immer unaufknotbar gefesselten Beinen zur Bank, über der das Cape des Elitehexenjägers lag und ignorierte das laute Hämmern und Fluchen aus dem Schrank. Sie hoffte, Reuben richtig einzuschätzen, als sie seine Taschen durchsuchte, und tatsächlich fand sie in einer versteckten Innentasche ein kleines Klappmesser. Schnell durchschnitt sie ihre Fußfesseln, eilte, etwas wackelig, zu Dunmore und befreite ihn ebenfalls.

„Zum Hinterausgang", meinte er, noch während er sich aufrappelte. „Hoffentlich ist er nicht verschlossen."

Sie flohen durch die dunkle Küche und stutzten; denn die Hintertür stand weit offen. Sie nahmen es so hin und liefen hinaus. Draußen verharrte Frann kurz atemlos und drehte sich um. Direkt hinter der Türöffnung standen zwei schwach wahrnehmbare, matthelle Gestalten. Die größere hatte den Arm um die kleinere gelegt und nickte ihnen ernst zu, die kleinere hob leicht die Hand zum Abschied. Frann erwiderte die Geste dankbar. Der Geist der Wirtstochter lächelte schüchtern, dann lösten sich die beiden Phantome auf und die Tür schwang leise ins Schloss.

„Uns zu helfen muss sie so viel Energie gekostet haben", murmelte Frann. „Warum haben sie das getan?"

Dunmore trat neben sie. „Sie wollten wohl, dass deine Schwangerschaft besser verläuft als ihre."

Frann merkte, dass ihr Tränen in die Augen traten. Sie nickte nur. Der Dunkelelb tat etwas, das er nur für seine Nächsten in ihren schwersten Momenten vorbehielt; er legte einen Arm um sie und drückte sie sacht.

„Lass uns gehen", meinte er leise.

Als die beiden Widerständler ungesehen in der Dunkelheit verschwanden, ächzte das alte Wirtshaus ein letztes Mal tief auf und kam dann für immer zur Ruhe.

Heather wäre fast aus dem Schrank gefallen, als sich seine Tür so plötzlich auftat, nur dass Reuben sie schnell festhielt, bewahrte sie davor. Ärgerlich wischte sie seine Hände fort und raunzte die verdatterte einfache Hexenjägerin, die die Klinke der Schranktür noch in der Hand hatte, an: „Warum kommt ihr erst jetzt?"

„Ich... Verzeihung, Ma'am, aber wir haben dich eben erst rufen hören!"

„Was? Ich schrei mir hier seit einer gefühlten Ewigkeit die Lunge aus dem Hals!"

„Das kann ich bestätigen", murrte Reuben finster.

„Es war nichts zu hören bis eben", bezeugte der einfache Hexenjäger die Aussage seiner Kollegin.

Heather stockte, überlegte einen Augenblick und rieb sich schließlich schaudernd über die Arme. „Verfluchtes Spukhaus!"

„Jetzt, wo du es sagst, Ma'am", meinte der Hexenjäger, „Es fühlt sich auf einmal viel leichter an hier drin."

„Ja, so leer", stimmte die Hexenjägerin zu.

„Leer, in der Tat." Reuben tippte Heather auf die Schulter und deutete zu den verlassenen Pfosten mit den zerschnittenen Fesseln davor.

Als die Elitejägerin das sah, stieß sie einen frustrierten Laut aus und trat gegen einen kleinen Schemel, der dumm genug gewesen war, in ihrer Reichweite zu stehen, und der daraufhin quer durch den ganzen Raum flog. Reuben hätte die entfesselte Wut seiner Kollegin insgeheim gern länger beobachtet, doch die erlosch gleich wieder. Verzweifelt krallte sich Heather in ihre Haare und sank auf die nächste Sitzbank.

„Wie sollen wir das erklären? Wie sollen wir Lachlan erklären, dass wir Dunmore haben entwischen lassen?"

Die beiden einfachen Hexenjäger wechselten einen entsetzten Blick, Reuben runzelte die Stirn, als er kurz nachdachte.

„Wieso Dunmore?", meinte er. „Dunmore war nicht hier. Nur zwei unbekannte, unbedeutende Widerständler, die in Folge eines paranormalen Zwischenfalls entkommen konnten."

Heather hob den Kopf und sah ihn verwirrt an. Reuben zuckte mit der Schulter.

„Bei dem einen Individuum hat es sich tatsächlich um einen männlichen Dunkelelben gehandelt, der eine vage Ähnlichkeit aufwies, aber seien wir ehrlich, die sehen am

Ende doch sowieso alle gleich aus." Er wandte sich zu den beiden Einfachen und fragte scharf: „War es nicht so?"

„Natürlich, Sir", beeilten sich beide, zu versichern. „Genau so ist es passiert."

„Schön. Dann geht und macht die Pferde klar, hier gibt es nichts mehr zu tun."

Die einfachen Hexenjäger nickten und huschten schnell zur Vordertür hinaus.

Reuben wandte sich zu Heather. Die sah ihn müde, aber dankbar an. Es war der wärmste Ausdruck, den er bisher auf ihrem Gesicht beobachtet hatte.

„Danke", meinte sie leise.

Er schnaufte defensiv. „Denk nicht, ich hätte das für dich getan. Mir würde Lachlan schließlich auch den Kopf abreißen."

Reuben zögerte. Er hielt Heather die Hand hin. Sie betrachtete sie einen Moment lang skeptisch, dann nahm sie sie an und ließ sich von ihm aufhelfen.

Abermals fegte eine Windböe um das Haus, zerrte an den festgemachten Fensterläden und zog mit einem frustrierten Heulen weiter, als es ihr nicht gelang, irgendeinen Schaden anzurichten. Ultána schürte unbeeindruckt das Feuer im Kamin. Sie lebte schon lange in diesem Haus, und sie wusste, dass es absolut sturmfest war, auch, wenn es allein und etwas außerhalb von Rigby lag. Egal, wie dunkel die Wolken sein mochten, die sich über dem Meer zusammenbrauten, hier war sie sicher.

Mit einem Knall flog die Haustür auf. Draußen im Regen stand ein großer Nordmann, das blonde Haar und sein durchnässter Umhang peitschten im Wind, ein plötzlicher Blitz erhellte für einen Sekundenbruchteil sein strenges Gesicht. Im darauffolgenden Donner sahen sich er und Ultána nur schweigend an. Sie hob kühl eine Augenbraue.

Er strich sich die nassen Haare aus der Stirn. „Entschuldige, Schatz. Dieser Hafenbeamte muss der langsamste der ganzen Welt gewesen sein." Er trat ins Zimmer und schob mühsam die Tür hinter sich zu. „Nicht mal der aufziehende Sturm konnte ihn dazu bewegen, diese Papiere schneller abzustempeln."

Sie stellte ruhig den Schürhaken beiseite. „Nun, Hauptsache, du hast es sicher hergeschafft, Magnus."

„Ja. Ich wünschte nur, ich müsste morgen nicht schon wieder los." Er trat zu ihr und gab ihr einen Kuss. „Wo ist der Kurze?"

„Er übernachtet heute bei Kenzie und ihrem Vater. Er versucht, jetzt so viel Zeit wie möglich mit ihr zu verbringen und sie etwas abzulenken." Kenzies Mutter war vor ein paar Monaten nach kurzer, schwerer Krankheit gestorben.

Magnus nickte versonnen. „Er ist schon ein lieber Junge." Er hustete leise.

Ultána hob alarmiert den Kopf. „Ist das noch nicht besser?"

„Kommt und geht."

Dieser Husten plagte Magnus immer wieder, seit er geholfen hatte, den großen Hafenbrand zu löschen. Er meinte dazu nur scherzhaft, währenddessen offenbar zu viel geatmet zu haben.

„Warst du nochmal bei einem Arzt?"

„Ja. Mach dir keine Sorgen."

Aber natürlich machte sie sich Sorgen – bei Kenzies Mutter hatte es ganz ähnlich angefangen. Menschen waren so furchtbar zerbrechlich. „Zieh dir was Trockenes an. Ich habe dir oben schon etwas rausgelegt. Ich mache uns inzwischen einen Tee."

„Danke, Ta." Magnus ging hinauf ins Schlafzimmer und lächelte amüsiert, als er den ordentlichen Haufen Kleidung auf dem Bett sah. Sie wollte wirklich sichergehen, dass ihm auch ja schön mollig warm war. Er zog die durchnässten Sachen aus, die beharrlich an ihm kleben bleiben wollten. Während er auf einem Bein hüpfte, um die feuchten Socken loszuwerden, rief er nach unten: „Wenn das Wetter so bleibt, können wir morgen gar nicht auslaufen."

„Meintest du nicht, es wäre eine wichtige Lieferung?", kam es aus der Küche.

„Doch."

„Dann wollen wir das Beste hoffen."

Magnus rieb sich die Haare trocken — selbst ein frisches Handtuch hatte bereit gelegen - und brummte nur zustimmend. Man konnte ihm gewiss nicht vorwerfen, pflichtvergessen zu sein, doch wichtige Lieferung oder nicht; er hätte nichts dagegen einzuwenden gehabt, noch einen weiteren Tag bei seiner Familie zu bleiben. Ultána war da generell entspannter. Er hatte schon ein paarmal vorgeschlagen, dass sie einfach mitfahren sollte auf seinem Schiff, doch sie meinte nur lächelnd, dass das in der Theorie wohl schön klingen möge, sie sich aber schon bald auf die Nerven gingen, wenn sie die ganze Zeit ununterbrochen zusammen wären. Magnus konnte sich nicht vorstellen, dass sie ihm jemals auf die Nerven gehen würde, er hätte nie zu viel Zeit mit ihr verbringen können, aber bei ihr war das wohl anders. Sie brauchte zwischendurch etwas Abstand. Mal ganz abgesehen von ihrer Arbeit an der Universität, die sie liebte und auf seinem Schiff kaum würde ausüben können. Ultána machten diese Trennungen nichts aus, das war wohl auch so ein Elbending. Sie hatte sich ihn ausgesucht, er war einverstanden, damit war für sie alles klar. Er erinnerte sich an einen blöden Spruch, den er mal irgendwo auf einer Hafenmauer gelesen hatte: *Elben sind fürs Leben, nicht bloß für die Feiertage.*

Warm und trocken, stieg er die Treppe hinab und steckte seinen Kopf in die Küche. „Ich wollte eigentlich nochmal mit Mazzie über nächstes Jahr sprechen. Denkst du, es bleibt dabei, wenn es seiner Freundin jetzt so schlecht geht?"

Ultána warf ihm einen herzlichen Blick zu. Sie wusste schon, woher ihr Sohn seine führsorgliche Seite hatte. „Kenzie möchte, dass er geht. Sie würde ihm nicht erlauben, das ihretwegen zu verpassen."

Magnus wollte seinen Sohn eine Weile mit auf sein Schiff nehmen, ihm Nord zeigen und so weiter. Auch mit dieser zeitweisen Trennung haderte Ultána nicht. Ein paar Jahre Kontakt nur auf Besuch gingen für sie schnell vorbei, und Mazacan sollte so viel Zeit wie möglich mit seinem Vater verbringen, so lange er ihn noch hatte. Sie dachte nicht gern daran, aber anders als sie selbst und ihr Sohn war Magnus nicht langlebig.

Sie berührte ihn am Arm. „Macht euch eine richtig schöne Zeit."

Magnus lächelte schief; er vermutete, dass sie das Leben auf einem Nordmannschiff ein wenig romantisierte. Er trat hinter sie und legte ihr die Hände auf die Schultern. „Wird er denn immer noch seekrank?"

„Etwas, ja."

„Ach, naja. Das verwächst sich. Aber das mit dem Essen könnte schwierig werden..."

Elben aßen weder Fisch noch Fleisch, und Mazacan schlug hier klar nach seiner Mutter.* Das konnte auf See zu Problemen führen.

---

* Im Gegensatz zu ihr hätte er beides aber immerhin richtig verdauen können.

Ultána hörte den leicht nervösen Unterton in seiner Stimme und nahm den Teekessel vom Herd. Sie drehte sich zu ihm um und umarmte ihn. „Ihr beide kriegt das schon hin, mach dir keine Sorgen."

„Ja", murmelte Magnus.

Er nahm sie in die Arme und legte seinen Kopf gegen ihren. Egal, welche fernen Orte er auch bereiste und wie spannend die Abenteuer auch waren, die er dort erlebte; am glücklichsten war er immer, wenn er hier bei ihr war, alleine, in Stille und Frieden.

Es klopfte an der Küchentür. Magnus verkniff sich gerade noch einen Fluch und hoffte, der ungewollte Störer würde einfach verschwinden. Doch es klopfte erneut, hastig, aber merkwürdig zaghaft, als hätte es jemand eilig, wolle aber kein Aufsehen erregen.

Ultána löste sich aus der Umarmung. „Ich schau mal, wer das ist."

„Vielleicht nur der Wind", versuchte er ein letztes Mal, die häusliche Idylle zu retten.

Sie warf ihm lächelnd einen mild tadelnden Blick zu und öffnete die gegen den Sturm fest verriegelte Küchentür. Ein kalter, nasser Windstoß fegte in den Raum und fuhr durch Magnus' gerade erst getrocknetes Haar, woraufhin sich seine mummelige Stimmung endgültig verabschiedete. Draußen, in der riesigen Pfütze, die mal der Kiesweg gewesen war, standen zwei zusammengedrängte Gestalten, die sich ein klatschnasses, über die Köpfe gezogenes Cape teilen. Ein blasses Gesicht hob sich in das aus der Küche fallende Licht.

„Professorin?" fragte die dazugehörende Stimme unsicher.

Studenten, dachte Magnus mit einem Anflug von Verachtung. Mussten die wirklich um diese Zeit, bei diesem Wetter, angekleckert kommen, nur, um ihre Professorin wegen einer Hausarbeit zu nerven?[*]

Ultána stutzte. „Nan? Was macht ihr denn hier mitten im Sturm? Kommt rein."

Die beiden huschten ins Haus. Als sie den Nordmann in der Küche sahen, zögerten sie merklich.

Ruhig schloss ihre Professorin die Tür. „Das ist nur Magnus, keine Sorge."

Da sie sich sofort beruhigten, war Magnus klar, dass Ultána in der Universität von ihm erzählt haben musste, und offenbar Gutes. Der Umstand erfüllte ihn mit Stolz und einem Hauch von Sorge. Er sah die Mädchen tropfen und verschwand kurz durch einen kleinen Durchgang in die Waschküche. Als er wiederkam, reichte er ihnen je ein Handtuch und nahm ihnen das durchnässte Cape ab. Im Licht zeigte sich, dass Nans Begleitung eine junge Dunkelelbin war.

„Danke", murmelte sie scheu, Nan nickte nur erleichtert und begann sofort, ihre kurzen, rotbraunen Locken trockenzureiben.

„Was führt euch her?" fragte Ultána.

Nans Kopf tauchte wieder unter dem Handtuch hervor. „Ich — es tut uns leid, euch zu stören, aber... wir bräuchten deine Hilfe."

„Natürlich. Worum geht es denn?"

---

[*] Magnus' Reaktion verdient hier eine gewisse Nachsicht, da Ultána eine sehr beliebte Professorin war und dies durchaus öfter vorkam.

„Ähm...", Nan schien nicht recht zu wissen, wie sie es sagen sollte.

Ihre dunkelelbische Freundin sprang ein. „Heddwyn hat uns hergeschickt."

Sofort wurde Ultánas Gesicht ernst. „Ich verstehe." Sie überlegte, Magnus zu bitten, sie allein zu lassen, aber da brach Nans Haltung ein. Sie schniefte und knautschte das Handtuch in ihren Händen.

„Sie wollen Leanna verhaften, dabei hat sie gar nichts getan! Sie kann doch nichts dafür, dass sie Leute kennt, die... aber das ist denen ganz egal! Befragung, nennen sie das, aber es ist ganz klar, dass sie sie nie wieder freilassen, wenn sie sie erstmal mitgenommen haben! Es ist so ungerecht, da konnte ich doch nicht...ich musste ihr doch..." Sie schluchzte.

Die Dunkelelbin nahm sie tröstend in den Arm. „Nicht doch."

„Ich verstehe", wiederholte Ultána, noch ernster als zuvor. „Hört zu. Geht nach oben in das kleine Zimmer am Ende des Flures, da steht eine Kiste mit trockenen Kleidern. Zieht euch um, dann sehen wir weiter."

„Danke", meinte Leanna leise und ruhig, Nan konnte nur schniefen.

Als die beiden Mädchen die Treppe hinauf verschwunden waren, drehte sich Magnus zu seiner Lebensgefährtin um und flüsterte auf die aufgebrachte Art und Weise, die eigentlich lauter ist als normale Sprachlautstärke: „Was ist hier eigentlich los? Wer sind die? Warum hast du oben eine Kiste mit Kleidern? Wer ist Heddwyn?"

„Das ist ohnehin nicht sein richtiger Name."

„Warum kommunizierst du mit Leuten unter Decknamen? Warum schickt er die beiden zu dir?"

Sie fasste ihn beruhigend an den Armen. „Das ist jetzt alles nicht so wichtig. Fest steht, dass Nan eine meiner Studentinnen ist, und dass sie und ihre Freundin sich vor den Hexenjägern verstecken müssen."

Er schlug die Hand vor den Mund. „Frost und Riesen, bist du etwa im Widerstand?!"

Sie schüttelte den Kopf. „Nein. Ich helfe nur manchmal."

„Du..." Er kam nicht weiter, weil die Mädchen, nun umgezogen, wieder die Treppe hinunterkamen und Ultána ihn mit einer strengen kurzen Geste zum Schweigen aufforderte. Sie trat aus der Küche in das Wohnzimmer und nahm ihnen die feuchte Kleidung ab, die sie wieder mitgebracht hatten.

„Folgt mir", meinte sie zu den beiden. Sie ging mit ihnen in das kleine Esszimmer. Magnus folgte wachsam. Er sah, wie Ultána die Kleidung zum Trocknen über zwei Stühle hängte, dann aber plötzlich ruhig die schwere Regalwand ein Stück beiseite schob. Magnus war so perplex, dass er zu spät daran dachte, ihr vielleicht zu helfen. In dem Bereich der Wand, der nun sichtbar wurde, zeigte sich ein unauffälliges Schlüsselloch. Sie zog einen Schlüssel hervor und drehte ihn im Schloss. Eine zuvor nicht erkennbare Tür klappte in der Wandverkleidung auf. Dahinter führten drei Stufen hinunter in einen kleinen Raum. Ultána ging hinein und machte die Lampe an, die von einem Haken an der Decke hing. Ein frisch bezogenes, etwas breiteres Bett stand darin, ein alter Sessel und ein Tischchen.

Ganz oben in der Wand gab es ein schmales, längliches Milchglasfenster, doch irgendetwas schien davorzustehen, denn kein Regen prasselte gegen die Scheibe. Magnus entsann sich des großen, alten Feuerholzkastens, der draußen an die Hauswand gebaut war. In einer der Ecken befand sich eine Nische mit einem Vorhang davor, hinter dem die Kante eines Waschbeckens hervorschaute. Die Elbin kam wieder heraus. „Hier wird euch niemand finden. Schlaft in Ruhe, morgen sehen wir dann weiter."

„Danke" meinte Leanna leise. „Vielen, vielen Dank."

Ultána deutete zum Esstisch. „Setzt euch erstmal hin und ruht euch aus. Wir bringen euch einen schönen, heißen Tee."

Bevor sie sich zu ihrer Freundin an den Tisch setzte, umarmte Nan ihre Professorin schüchtern, aber aufrichtig. Ultána lächelte aufmunternd, dann griff sie Magnus am Arm, führte ihn mit sachter Unnachgiebigkeit aus dem Zimmer in die Küche und schloss leise die Tür hinter sich.

Sofort drehte er sich zu ihr um, aber er hatte so viele Fragen auf einmal, dass er nur eine fassungslose Geste machen konnte.

Sie kümmerte sich unbeeindruckt um den Tee. „Was denn? Ich habe nur das alte Gästezimmer im Keller etwas umbauen lassen."

„*Etwas* umbauen?" wiederholte er und fuhr sich durch die Haare. „Ta, du versteckst gesuchte Flüchtige in einem konspirativen Zimmer!" Er fasste sie an den Schultern. „Weißt du denn nicht, wie riskant das ist?"

„Doch", antwortete sie ruhig. „Ich weiß, wie riskant das ist. Ich weiß vor allem, wie riskant es für die beiden wird, wenn ich ihnen nicht helfe. Soll ich das Unrecht einfach hinnehmen, nur, weil für mich ein Risiko besteht?"

„Du willst dich ernsthaft mit den Hexenjägern anlegen?"

„Irgendjemand muss es doch tun!"

Magnus überlegte stumm. Alle wussten, dass man den Hexenjägern nicht in die Quere kam. Diese Leute waren gefährlich. Natürlich verabscheute er sie, und natürlich war ihm bewusst, dass das, was sie taten, Unrecht war. Er selbst hätte ihnen oft nur zu gerne mal so richtig... Aber dann hatte er doch nichts getan. Er musste zugeben, stolz auf Ultána zu sein, er bewunderte ihren Mut und ihre Güte. Und bei allem, was er so auf den Meeren und in fernen Ländern trieb, stand es ihm nicht zu, sie über Risiken zu belehren. Er wusste, dass sie recht hatte, dass sie das Richtige tat. Wohl war ihm dabei trotzdem nicht.

Er fasste sacht ihr Gesicht und seufzte. „Okay. Nur – sei vorsichtig, ja?"

Sie berührte seine Hand. „Natürlich."

Magnus nickte, seufzte erneut, ließ sie los und fuhr sich wieder durch die Haare, während er ein paar Schritte durch die Küche ging. Schließlich drehte er sich zögernd um. „Aber... Mazacan weiß doch nichts davon, oder?"

„Natürlich nicht", meinte sie erschrocken. „Ich würde ihn niemals da hineinziehen."

Er nickte erleichtert. „Gut. Ich möchte unseren Sohn so weit weg wie irgend möglich von den Hexenjägern halten."

Der Teekessel pfiff leise. Ultána hob ihn vom Herd und schenkte ein. Magnus nahm zwei Tassen.

„Ich bring den beiden ihren Tee."

Sie lächelte dankbar und öffnete ihm die Tür. Als er ins Esszimmer kam, saßen die Mädchen nebeneinander am Esstisch, je einen Arm um die andere gelegt, der Kopf der kleineren Nan ruhte an Leannes Schulter. Etwas in der Art, wie sie miteinander umgingen, sagte Magnus, dass sie nicht nur Studienfreundinnen waren. Er blieb kurz stehen und musterte die Szene nachdenklich. Er wollte sich gar nicht vorstellen, wie er sich fühlen würde, wenn jemand versuchte, Ultána von ihm fortzunehmen und wegzusperren. Schließlich räusperte er sich leise und kam ins Zimmer. Die beiden hoben die Köpfe, erschraken aber nicht.

„Hier habt ihr euren Tee", sagte er und stellte die Tassen auf den Tisch. Im Vaterreflex fügte er an: „Vorsicht, ist noch heiß." Die Mädchen bedankten sich brav und Magnus wollte schon den Rückzug antreten, drehte sich dann aber nochmal um. „Wisst ihr schon, wo ihr hinkönnt?"

Nan hielt ihre warme Tasse umklammert. „Wir können nirgendwo hin. Ich will meine Familie nicht mithineinziehen." Bei dem Gedanken traten ihr fast wieder Tränen in die Augen.

Er sah fragend zu Dunkelelbin, die leicht die Schultern hob. „Ich habe keine Familie mehr. Wir wollen einfach nur weg."

„Hauptsache, zusammen", hängte Nan an und griff die Hand ihrer Freundin.

Magnus rieb sich den Bart. „Würdet ihr auch ins Ausland gehen? Also, weg von Zweiinsel?"

Sie hoben erstaunt die Köpfe. „Natürlich", meinte Leanne. „Das wäre ideal."

Er nickte. „Gut. Ich hab da vielleicht eine Idee. Muss nur was mit eurer Professorin besprechen." Magnus verließ das Zimmer, sah aus dem Augenwinkel aber noch, wie die beiden einen halb ungläubigen, halb hoffnungsvollen Blick tauschten.

Er kam wieder in die Küche, wo Ultána gerade die Teedose zurück in den Schrank stellte. „Ta, ich hab mir gedacht, wenn ich morgen auslaufen darf, könnte ich die Mädchen nach Nord mitnehmen. Da wären sie vor Verfolgung sicher."

Sie sah ihn an, den Kopf leicht auf die Seite gelegt. „Du willst...?"

„Natürlich könnte es sein, dass sie die Schiffe vorher durchsuchen wollen. Ich müsste die beiden unter Deck verstecken, bis wir in neutralen Gewässern sind, aber so groß sind sie ja nicht, da findet sich schon ein Platz."

Sie fragte leise: „Du willst dich mit den Hexenjägern anlegen? Weißt du denn nicht, wie riskant das ist?"

Er wurde ein bisschen rot. „Ähm... irgendjemand muss es ja tun."

Sie lächelte stolz und liebevoll, fasste mit beiden Händen sein Gesicht und hob den Kopf, um ihn zu küssen.

Es klopfte an die Vordertür – laut und auf die Art und Weise, die keinen freundlichen Besuch ankündigt. Allen war sofort klar, was das hieß.

„Halt sie hin, ich bring die Mädchen ins Versteck."
Ultána war schon auf dem Weg aus der Küche.

Magnus erwog kurz, einfach so zu tun, als schliefen schon alle, doch überall im Haus brannte Licht. Also rief er auf dem Weg zum Esszimmer Richtung Haustür: „Ja? Wer ist da?"

„Hexenjäger", antwortete eine tiefe Stimme. „Macht auf."

„Einen Augenblick, bitte!"

Leanne und Nan griffen sich ihre zum Trocknen aufgehängte Kleidung und verschwanden eilig im geheimen Raum. Ultána wollte gerade die Tür schließen, als Magnus im letzten Moment die Teetassen auf dem Tisch bemerkte. In der Küche standen auch zwei, das würde auffallen. Schnell reichte er sie den Mädchen hinterher, bevor das Versteck zu klickte. Zusammen schoben sie das Regal wieder davor.

Es hämmerte abermals gegen die Tür.

„Komme schon!" rief Ultána und sah sich hastig um, ob auch nichts Verräterisches mehr herumlag. Sie bemerkte, dass der Umhang, den sich die Mädchen geteilt hatten, und die feuchten Handtücher noch in der Küche hingen. Schnell warf sie alles in die Waschküche auf den immer größer werdenden Wäschehaufen. Dann flitzte sie zum Eingang, tauschte noch einen Blick mit Magnus, und entriegelte die Haustür.

Draußen, in ihren schweren Regencapes, die auch einer Sturmflut standgehalten hätten, warteten zwei Hexenjäger, ein sehr großer und einer von durchschnittlichem Wuchs.

„Professorin Lady Ultána?" fragte der Riese. „Entschuldige die Störung. Wir hätten da ein paar Fragen."

„Sicher", entgegnete sie beneidenswert beherrscht. „Kommt doch herein."

Die Hexenjäger traten zwei Schritte weit ins Zimmer und der kleinere schloss die Tür hinter ihnen. Der Große schob seine Kapuze zurück, offenbarte ein schwermütiges Gesicht mit langsam ergrauendem schwarzem Haar und Bart und warf Magnus einen fragenden Blick zu.

„Das ist Kapitän Magnus. Mein Lebensgefährte", gab Ultána gelassen zur Auskunft.

„Ah", nickte der Große und zögerte. „Du... wirst dich vielleicht nicht mehr daran erinnern, Professorin, aber ich war damals während meines Studiums in einem deiner Kurse."

Sie musterte ihn erstaunt und durchforstete ihr ausgezeichnetes Gedächtnis. „Oh ja — warte... Elbische Literaturgeschichte. Morgan, oder?"

Obwohl er nicht lächelte, schien der große Mann stolz, dass sie sich an ihn erinnerte. Ultána war wirklich beliebt bei ihren Studenten, egal, wie lange sie schon nicht mehr an der Uni sein mochten. „Natürlich nur als Nebenfach. Mein Hauptfach war Medizin."

Magnus fragte sich bissig, wieso der Mann dann jetzt als Elitehexenjäger vor ihnen stand, statt seinem Eid gemäß kein Leid zuzufügen. Ihm fiel auf, dass Morgans Kollege während des Wortwechsels unauffällig das gesamte Zimmer und die von seiner Position aus einsehbaren Räume erfasst und erst dann seine Kapuze zurückgeschlagen hatte. Der junge, rotblonde Mann mit kontrast-dunklen Augen räusperte sich leise.

Morgan bemerkte, dass er hier diskret darauf hingewiesen wurde, vom Thema abzuschweifen. „Das ist mein Kollege Anarawd, ich arbeite ihn gerade bei der Elite ein."

Eigentlich war dafür Lachlan zuständig, aber der war gerade mit einem Auftrag in Kelld beschäftigt und Anarawd vermisste ihn gewiss nicht.

Ultána nickte höflich. „Du bist recht jung für einen Elitejäger."

„Wir Menschen müssen unsere kurze Lebenszeit optimal ausnutzen, Professorin", entgegnete er.

Warum verschwendest du sie dann und wirst Hexenjäger, wollte Magnus auch ihn anraunzen, hütete sich aber davor. Er hatte nicht Ultánas Aura, die jedem Respekt und Bewunderung abverlangte. Sie lächelte nur höflich und unverbindlich. Hätte Magnus nicht gewusst, dass sie nebenan zwei Mädchen versteckte, er hätte es niemals geahnt. Der Wind draußen heulte immer lauter um das Haus. Es fragte sich, wie sich das wohl im Kellerzimmer anhörte.

Morgan verlagerte etwas unbehaglich sein Gewicht. „Warum wir hier sind, Professorin — wir suchen zwei Flüchtige. Sie wurden heute Abend gesehen, wie sie Rigby in diese Richtung verließen. Und hier gibt es nur wenige Häuser. Eine von ihnen ist eine Studentin von dir." Er kramte ein kleines Bild aus den Tiefen seines Capes und zeigte es ihr.

„Ah ja... Nan", murmelte sie. Da sie Morgan nach all den Jahren wiedererkannt hatte, konnte sie jetzt schlecht so tun, als wäre ihr eine aktuelle Studentin unbekannt.

„Was hat sie angestellt?" fragte Magnus, den unsensiblen Seemann mimend. Ihm fiel auf, dass Anarawd ihn neugierig musterte.

„Das ist vertraulich", meinte Morgan nur und steckte das Bild wieder fort. „Habt ihr sie gesehen?"

Magnus schüttelte bloß den Kopf und zuckte vermeintlich gleichgültig mit den Schultern.

„Ich habe sie zuletzt vorige Woche gesehen. Sie hätte heute einen Kurs bei mir gehabt, ist aber nicht erschienen", gab Ultána zur Auskunft.

Anarawd machte sich schnell eine Notiz in ein kleines Büchlein, Morgan nickte. „Ich verstehe. Dürften wir uns kurz im Haus umsehen?"

„Bitte." Gefasst machte sie eine Geste in den Raum.

„Danke. Dauert nur einen Augenblick." Morgan wandte sich an Anarawd. „Ich geh nach oben, warte du hier."

Damit keiner abhaut, dachte sich Magnus. Aber um alleine zu suchen, hatte der jüngere Hexenjäger offenbar noch nicht genug Erfahrung in Morgans Augen. Während der große Mann die Treppe hinauf verschwand, blieb sein Kollege gelassen an deren Fuße stehen und musterte die Hausbewohner interessiert wie eine Katze ein Goldfischglas. Magnus wurde das unbehaglich, er drehte ihm den Rücken zu.

Ultána trat zu ihm und tat so, als staube sie einen Fussel von seiner Schulter, während sie wisperte: „Ganz ruhig."

„Der Jungsche macht mich nervös", flüsterte er zurück. „Der ist die ganze Zeit am Beobachten und Nachdenken."

Anarawd hatte sich inzwischen dem kleinen Familienbild neben der Treppe zugewandt. Die Professorin und der Kapitän waren ein ungewöhnliches Paar. Sie, die anmutige, kultivierte Elbenlady mit strahlend grünen Augen, das dunkelbraune Haar in einem eleganten, kurzen Stil, lehnte eingehakt an dem großen, breiten Nordmann mit seinem scharfgeschnittenen Gesicht, eisblauen Augen und fast weißblondem Haar, wie ein Kranich neben einem Adler. Zwischen den beiden stand, die Hand des Vaters auf einer Schulter, ein schlaksiger, butterblumenblonder Junge, der eindeutig die Augen seiner Mutter geerbt hatte.

Der Hexenjäger drehte sich zum Paar um. „Wo ist der Kleine?"

Das geht dich einen Dreck an, dachte Magnus, doch Ultána antwortete leichthin: „Schläft heute bei Freunden."

„Da fürchtet er sich hoffentlich nicht bei dem Sturm", meinte Morgan, der gerade wieder nach unten kam und seine alten Vaterinstinkte nie ganz abstellen konnte.

„Das denke ich nicht, er ist ja schon sechzehn."

„Das hält ihn nicht ab", murmelte Magnus, dem dämmerte, warum sich die Hexenjäger ihnen gegenüber so besonders höflich verhielten. Ultána war nicht nur eine angesehene Gelehrte, sie war auch eine waldelbische Lady, und mit den Waldelben wollten es sich die Hexenjäger aufgrund der Lage in Goidelia nicht verscherzen. Er selbst war nordischer Staatsbürger, und in Nord gab es nicht nur keine Hexenjäger, die Zweiinsler erinnerten sich auch noch sehr gut daran, dass da eine Menge taffe Leute mit schnellen Booten und scharfen Waffen lebten. Natürlich wurden sie mit mehr Respekt behandelt als der caldonsche Normalbürger oder gar Dunkelvolk. Es machte ihn wütend.

Während er vor sich hinbrütete, hatten sich die beiden Hexenjäger Küche und Wohnzimmer angesehen, geschickt abgelenkt durch harmloses Geplauder von Ultána. Doch jetzt betrat Morgan das Esszimmer, und Magnus wurde ganz kalt. Angespannt verfolgte er jede Bewegung des großen Mannes.

„Ist was?" fragte Anarawd, der ihn unbemerkt beobachtet hatte. „Du wirkst so nervös."

Der Nordmann stutzte ertappt. „Oh – ich... der Wind wird immer stärker da draußen. Ich mache mir nur Sorgen um mein Schiff. Nicht, dass es heute noch Schaden nimmt."

„Du läufst morgen früh aus?" folgerte der jüngere Mann.

Irgendwie hatte Magnus das Gefühl, sich verplappert zu haben. „Äh, ja. Voraussichtlich."

Anarawd verstaute die Information irgendwo in seinem Kopf und wandte sich Morgan zu, der wieder aus dem Zimmer kam.

„Nun gut", meinte er zu Ultána. „Dann werden wir wohl wieder..."

„Äh, Sir?" warf der Eliteneuling ein. „Auf ein Wort?"

Morgan schien sich ein Seufzen zu verkneifen. Er nickte der Hausherrin entschuldigend zu und trat mit seinem Kollegen beiseite. „Was ist?"

„Sir, ich bin der Meinung, dass hier irgendetwas nicht stimmt."

„Wie kommst du denn darauf?"

„Erstens, warum haben die beiden so lange gebraucht, um die Tür zu öffnen?"

Morgan räusperte sich leise. „Nun, ihr Sohn ist heute nicht zuhause. Vielleicht haben wir sie in einem privaten Moment gestört."

Für Anarawd hatte nichts danach ausgesehen. „In der Waschküche liegen feuchte Wäsche und mehrere Handtücher."

„Es regnet ja auch."

„Wie oft sollen die denn eingeregnet sein?"

„Es regnet schon den ganzen Tag."

„Die beiden verbergen etwas. Die eine Flüchtige ist ihre Studentin. Der Kapitän läuft morgen aus. Das wäre doch die Chance für sie..."

„So, Schluss jetzt. Wir sind hier im Haus einer durch und durch respektablen Dame, und ich dulde nicht, dass du ihr mit deiner Neugier auf die Nerven gehst. Wir hatten den Auftrag, uns hier umzusehen, das haben wir getan, wir haben nichts gefunden, also gehen wir wieder."

„Dir ist das wirklich egal, oder? Es kümmert dich gar nicht, ob wir die Flüchtigen finden."

„Du willst sie auch nur deshalb finden, damit du weißt, was passiert ist. Du musst immer ganz genau rauskriegen, was wie warum passiert ist. Ich weiß, du bist sehr gescheit, Anarawd, aber das ist nicht gesund in diesem Beruf! Du musst lernen, nicht alles zu hinterfragen und die Dinge einfach gut sein zu lassen." Das war Morgans letztes Wort in der Sache.

Während die Hexenjäger miteinander sprachen, stand Ultána am Fenster und schaute hinaus in die Dunkelheit. Ihre Nachtsicht war besser als die der Menschen, und sie hörte nicht nur das Heulen und Zerren des Windes, sondern erkannte auch, wie weit sich draußen an der Straße die Bäume bogen, sah losgerissene Äste fliegen.

„Wir werden dann jetzt wieder gehen", verkündete Morgan und richtete sein Regencape.

„Nein", sagte Ultána fest.

Die Hexenjäger schauten sie überrascht an, Magnus sogar noch überraschter.

„Wie bitte?" fragte Morgan.

„Der Sturm ist zu stark. Ihr müsst über die Waldstraße, das ist bei diesem Wetter zu gefährlich. Ich kann das nicht verantworten."

Was tust du da?! fragte der Gesichtsausdruck des Nordmanns.

„Danke, aber..." begann Morgan, als eine neue Bö heranfegte und das Haus ächzen ließ. Irgendwo in der Ferne fiel etwas sehr Großes sehr geräuschvoll um. Der ältere Hexenjäger zögerte. „Hm... du lebst schon lange hier draußen. Wenn du denkst..."

„Denke ich. Hängt eure Capes auf und setzt euch ans Feuer."

Anarawd wirkte ähnlich verwirrt wie Magnus, ließ aber dennoch, oder vielleicht gerade deswegen, zu, dass Morgan ihm das Cape abnahm und weghängte.

„Setzt euch", wiederholte Ultána. „Ich werde uns einen Tee machen. Hilfst du mir, Schatz?" Sie verschwand in der Küche, Magnus huschte hinterher.

Anarawd hatte seine momentane Überrumplung verwunden und fragte seinen Kollegen: „Was soll das? Wieso tun sie das, was planen sie? Wieso bleiben wir hier?"

Der seufzte strapaziert. „Das nennt sich Hilfsbereitschaft. Solidarität. Haben dir deine Eltern sowas nicht beigebracht?"

„Ich bin im Waisenhaus aufgewachsen."

„Nun, das merkt man mitunter", antwortete Morgan ungerührt. „Nicht hinter allem steckt ein geheimer Plan. Manche Leute sind auch einfach nur ehrlich und trotzdem nett."

„Aber..."

„Nichts aber. Du warst damals noch in Kelld, aber ich erinnere mich an den letzten großen Sturm hier in der Gegend. Sie hat recht, wir müssen warten, bis er abgeflaut ist. Also setz dich hin und versuch einmal, nicht alle zu beobachten und zu analysieren, sondern freu dich einfach, dass du es warm und trocken hast und dir keine Bäume auf den Kopf fallen!"

Anarawd gab schließlich nach.

In der Küche fand ein ähnliches Gespräch statt, wenn auch so leise wie möglich geflüstert.

„Warum lässt du sie im Haus? Wir waren sie doch schon los!" fragte Magnus.

„Der Sturm ist zu stark. Ich kann sie doch nicht in ihren möglichen Tod schicken!"

„Warum nicht? Es sind Hexenjäger."

„Magnus!" rügte sie streng. „Auch diese Leute sind immer noch Leute. Selbst, wenn sie tollwütige Hunde wären, sie blieben hier!"

„Denkst du, sie wären dir gegenüber auch so nachsichtig?"

„Soll ich anfangen, mich wie ein Schwein zu benehmen, nur weil es andere tun?"

„Natürlich nicht", murrte Magnus. „So meinte ich das nicht. Ich mach mir nur Sorgen, dass... dass du Probleme bekommst, weil du zu nett zu Leuten bist."

„Vermeiden wollen, dass sie ein Baum erschlägt, ist für dich also ‚zu nett'?"

„Natürlich nicht", wiederholte er. „Nur... lass dich nicht ausnutzen, ja? Ich will nicht, dass dir was passiert."

Sie lächelte milde. „Denkst du denn wirklich, dass ich mich ausnutzen ließe?"

„Nein." Er kam sich doof vor und seufzte. „Was ist mit den Mädchen?"

Ultána nahm einen Zettel und schrieb schnell etwas darauf. „An der Seite des Eingangs ist ein kleiner Spalt. Ich schieb ihnen das hier durch, damit sie wissen, was los ist."

„Sei vorsichtig", murmelte er.

„Wo hast du die Tassen denn zuletzt gesehen?" fragte sie plötzlich laut.

Er begriff. „Ich glaube, im Esszimmer."

„Ich schau mal." Sie verließ die Küche. Kurz darauf rief sie. „Hier sind sie nicht!"

„Nein? Oh warte, sie sind hier hinten im Schrank!"
Ultána ging zurück durchs Wohnzimmer. Sie warf einen
Blick zu den Hexenjägern und zog leichthin die
Schultern hoch. „Wir müssen hier wirklich mal wieder
aufräumen."
Morgan nickte verständnisvoll, Anarawd schwieg und
dachte sich seinen Teil.

Die Zeit schien elend langsam dahin zu kriechen.
Magnus saß in einem der Sessel vor dem Kamin und
trank einen Schluck nur noch lauwarmen Tee.
Eigentlich wollte er überhaupt keinen mehr, es war
schon seine dritte Tasse, aber immer noch besser, als gar
nichts zu tun. Draußen heulte der Sturm und schien
kein Ende nehmen zu wollen. An dem Sofaende neben
ihm saß Ultána, noch immer gefasst und ruhig, am
anderen Anarawd, der die ganze Zeit misstrauisch
abzuwarten schien, ob nicht gleich etwas passierte, im
Sessel neben ihm saß Morgan, eindeutig der
Entspannteste von ihnen, und schien die Ruhe zu
genießen. Sie hatten vereinzelt ein paar kurze
Wortwechsel gehabt, Belangloses, aber irgendwann
merkten alle, dass es besser war, nichts mehr zu sagen.
Magnus hätte nie geträumt, sich mal in einer so
sonderbaren Situation zu befinden, und er gab sich
Mühe, nicht darüber nachzudenken, wie absurd diese
gemütliche Kaminrunde tatsächlich war. Er versuchte,
auch nicht an die Mädchen zu denken, wie es ihnen
wohl ging in ihrem kleinen Zimmer, durch dessen Tür
jeden Moment ein Hexenjäger kommen könnte, um sie
festzunehmen. Und er musste hier sitzen bleiben, ruhig,

höflich, und konnte nichts tun, als dem tosenden Wind zuzuhören, oder dem Knistern des Feuers, oder dem leisen Ticken der Wohnzimmeruhr. Tosen, Knistern, Ticken, Tosen, Knistern, Ticken, Knistern, Ticken... als er dachte, schreiend aufspringen zu müssen, meinte Ultána plötzlich:

"Der Sturm hat aufgehört."

Alle drei Herren waren mental abgedriftet und hatten nichts davon mitbekommen. Verwirrt lauschten sie. Der Regen tröpfelte noch etwas, aber das Pfeifen und Brausen war verstummt. Jetzt erst merkte Magnus, dass es draußen hinter den Regenwolken bereits hell wurde. Wie lange hatten sie hier gesessen?[*]

Morgan erhob sich aus seinem Sessel. „Nun, dann... können wir ja..."

Es klopfte an der Haustür. Ultána ging öffnen, verwundert, wer das so früh sein konnte. Draußen, vor der chaotischen Kulisse herumliegender Äste, riesiger Pfützen und umgeknickter Bäume unter einem bleigrauen Himmel, stand eine Läuferin der Hexenjäger, die besonders gut zu Fuß waren und losgeschickt wurden, wenn man schnell etwas brauchte oder übermitteln musste. Trotz der reichlichen Übung, die sie hatte, war sie ein wenig außer Atem.

„Verzeihung, ich suche..." Jetzt hatte sie Morgan, der zwangsläufig auffiel, im Zimmer hinter der Elbin stehen sehen. „Da seid ihr ja!"

Ultána trat zur Seite und die beiden Hexenjäger kamen zur Tür. „Was ist denn los?" fragte Morgan.

---

[*] Später wurde ihm klar, dass er zwischendurch kurz eingedöst sein musste.

„Ich suche euch schon, seit der Sturm anfing, abzuflauen. Ihr habt euch nachts nicht zurückgemeldet, und ein Erdrutsch hat große Teile der Waldstraße verschüttet, deswegen sollte ich euch suchen, ob ihr irgendwo untergekrochen seid."

„Ein Erdrutsch?"

„Ja, da kommt man mit Pferden gar nicht mehr durch, ich musste in den Wald ausweichen, um irgendwie... zum Glück scheint da gestern niemand unterwegs gewesen zu sein, das wird Wochen dauern, bis der ganze Dreck weggeräumt ist – wenn du da drunter liegst, na, Gute Nacht."

Anarawd stutzte und warf Ultána einen schnellen Seitenblick zu, als würde ihm jetzt erst wirklich klar, dass sie sie tatsächlich nur zu ihrem eigenen Besten hierbehalten hatte, und ihnen dadurch vielleicht sogar das Leben gerettet.

Die Läuferin dehnte ihre Beine, wie Läufer das gern tun, wenn sie mal kurz stillstehen müssen. „Ihr sollt gleich mit zum Hauptsitz, ihr wisst ja, wie sie sind."

„Natürlich", brummte Morgan. „Natürlich." Er seufzte leise und wandte sich an die Hausherrin. „Nun – vielen Dank für den Tee." Er reichte ihr die Hand und drückte sie fest, was zeigte, dass dieser Dank weit mehr beinhaltete als die Getränke.

„Selbstverständlich", meinte sie ruhig.

Morgan legte sein Cape um, reichte Anarawd seins und trat aus dem Haus. Der jüngere Hexenjäger zögerte auf Ultánas Höhe kurz und nickte ihr schließlich ernst zu, bevor er seinem Kollegen folgte. Als sie schon ein Stück vom Gebäude entfernt waren, warf er einen nachdenklichen Blick zurück.

„Tut mir leid, dass ihr euch schon wieder in einen kleinen Raum quetschen müsst", meinte Magnus und rückte eine der Kisten im Laderaum zurecht, damit die beiden Mädchen mehr Platz hatten.

„Das macht doch nichts. Wir sind euch so dankbar", antwortete Leanne.

„Ich kann immer noch nicht glauben, dass ihr die Hexenjäger so lange im Haus hattet und sie nichts gemerkt haben! Ich wäre gestorben vor Angst", fügte Nan an und klemmte sich neben ihre Freundin in den kleinen Hohlraum zwischen den Frachtkisten.

Nan zeigte sofort volles Verständnis, ja, sogar Bewunderung für Ultánas Entschluss, die Hexenjäger nicht gehen zu lassen. Leanne und Magnus hatten einen kurzen Blick getauscht – sie hatten, was das anging, etwas ambivalentere Ansichten.

„Wir laufen gleich aus. Bleibt einfach hier und rührt euch nicht, bis ich euch hole. Ich verspreche, es wird nicht so lange dauern."

Die Mädchen nickten, und Magnus verschwand wieder auf Deck. Er tauschte einen schnellen Blick mit seinem Stellvertreter Marek und signalisierte ihm, dass da unten alles in Ordnung war, dann ging er wieder zu Ultána, die noch auf dem Steg wartete. Der Sturm hatte ihnen an diesem Morgen geholfen, da niemand auf den Straßen unterwegs gewesen war. Das Schiff überstand die Nacht unbeschädigt, sie konnten auslaufen. Es ging alles fast schon beängstigend glatt. Er öffnete gerade den

Mund, um etwas zu Ultána zu sagen, als hinter ihm eine Stimme fragte: „Kapitän Magnus?"

Er drehte sich um. Auf dem Steg standen Morgan und Anarawd. Beide wirkten müde und als wären sie lieber woanders.

„Aufgrund der aktuellen Lage haben wir Order, dein Schiff vor dem Auslaufen zu durchsuchen", sagte Morgan betont neutral.

Magnus' Magen sank eine Etage tiefer. „Die lassen euch auch nicht zu Atem kommen, was?"

Morgan hob leicht die Schultern. „Irgendwer muss es ja machen."

Die beiden gingen an Deck und schauten sich um. Magnus und Ultána standen auf dem Steg und fassten sich diskret an den Händen.

Morgan sah den niedrigen Eingang zum kleinen Frachtraum und seufzte leise – bei seiner Größe würde das kein Vergnügen.

„Lass mal", meinte da Anarawd. „Ich mach das fertig."

„Oh? In Ordnung."

Anarawd verschwand unter Deck und Morgan kam wieder zu dem Pärchen auf dem Steg.

„Ich stoß mir da auch immer den Kopf", sagte Magnus betont gelassen zu ihm, aber Ultána merkte, dass seine Hand in ihrer leicht zitterte.

Die Minuten schienen sich zu ziehen wie Kleister. Plötzlich, so unvermittelt, dass sie nicht mal erschrecken konnten, tauchte Anarawd wieder auf.

„Alles klar", meinte er locker und stieg von Bord.

„Alles klar?" fragte Morgan irgendwie überrascht.

„Ja. Lass uns gehen, wir hatten noch kein Frühstück." Er drehte sich flüchtig zu Magnus. „Gute Fahrt dann."

Damit ging er ruhig den Steg hinunter. Morgan blickte ihm hinterher, dann betrachtete er nachdenklich das Schiff und wandte sich zu den beiden. Ultána merkte genau, dass Morgan hinter seiner vermeintlich gleichgültigen Fassade sehr viel mehr ahnte, als sie gedacht hatten. Er sah Magnus an, dann sie.

Schließlich meinte er knapp: „Gute Fahrt." Er drehte sich entschlossen um und folgte seinem Kollegen.

Die beiden warteten noch kurz ab, bevor sie bewusst unauffällig an Bord gingen, so, als wollte Magnus seiner Lebensgefährtin nur etwas zeigen.

„Schau, ob sie wiederkommen", flüsterte er Marek zu und verschwand mit Ultána unter Deck.

Die Mädchen lugten aus ihrem Versteck, als sie die beiden erkannten. Die Professorin runzelte die Stirn. In dem kleinen Frachtraum war es unmöglich, jemanden wirklich gut zu verbergen, und Hexenjäger lernten, richtig zu suchen.

„Wie hat er euch nicht finden können?"

„Das ist es ja", sagte Nan verwirrt. „Ich bin ganz sicher, dass er uns gesehen hat."

„Er hat einfach wieder weggeschaut und ist gegangen", fügte Leanne an. „Wieso hat er das getan?"

Magnus stutzte verwirrt, begriff, und umarmte Ultána dankbar.

Morgan und Anarawd schritten schweigend den Weg hinauf, die vom Hafen zur Straße führte. Schließlich räusperte sich ersterer leise. „Weißt du, ich bin ja auch nicht mehr ganz so jung."

„Bitte?"

„Wenn man da dann zu wenig Schlaf bekommt, kriegt man manche Dinge gar nicht mehr so richtig mit."

„Oh?"

„Ja, und ich meine, du bist ja auch erst in der Eliteausbildung und musst noch viel lernen. Da kann es durchaus mal passieren, dass man etwas... übersieht."

„Ich verstehe."

„Wie wäre es denn deshalb, wenn wir die Sache einfach vergessen und nie wieder darüber sprechen, hm?"

„Das wäre wohl vernünftig."

„Guter Mann." Morgan klopfte Anarawd anerkennend auf die Schulter, und zusammen machten sie sich auf den Weg zum Hauptsitz.

Daven blickte zu dem kleinen, erleuchteten Fenster empor, dem einzigen, das offen stand. Da es sich ganz oben im Alten Turm des Archivs für Gefährliche Schriften befand, meinte man wohl, dem warmen Wetter dieses Zugeständnis gefahrlos machen zu können; in den drei letzten Nächten war es jedes Mal unverschlossen geblieben, zur Erleichterung der Hexenjäger, die dort oben Wache schieben mussten. Der Turm stand etwas abseits vom Hauptgebäude. Umgeben von einem Burggraben und nur über eine einzige Brücke zugänglich, ragte er gerade und schnörkellos empor in den Abendhimmel und verfügte auf den obersten drei Stockwerken jeweils bloß über ein einziges kleines Fenster. Ausschließlich die gefährlichsten Schriften, hauptsächlich über Magie, waren hier von den Hexenjägern weggeschlossen worden.

Daven sah hinüber zu Synn, der das Gebäude ebenso angespannt beobachtete wie er selbst. Synn war nicht nur der Prinz der Alben, sondern auch der Anführer des Widerstands in Kelld, und damit Davens ehemaliger Chef, bis sich dieser vor ein paar Jahren dazu entschlossen hatte, der Liebe wegen in Caldon zu bleiben. Synn schien ihm das nicht übelzunehmen, hatte er doch gezielt Daven für diese heikle Mission angefragt. Dass dort oben nun schon seit einer Woche jede Nacht zwei Hexenjäger Wache schoben, sah der Albenprinz als seine eigene Schuld an; denn es war in seinem kelldischen Widerstand passiert, dass ein Verräter so lange unerkannt hatte operieren können, dass er bis in die höchste Führungsebene hin aufgestiegen war. Vor der ganz großen Katastrophe hatte Synn den Verrat zwar bemerkt und den Spion aus dem Verkehr gezogen, dennoch waren noch genug Informationen zu den Hexenjägern vorgedrungen, um sie wissen zu lassen, dass der Widerstand großes Interesse am Archiv für Gefährliche Schriften hatte und versuchen würde, dort einzubrechen. Dass dieses Interesse dem Almanach der Alten Flüche galt, war ihnen dank Synns entschlossenem Handeln verborgen geblieben, dennoch war er sofort persönlich nach Burgh gekommen, um die Mission trotz des Verrats noch zu einem guten Ende zu bringen.

Drei Hürden standen den Widerständlern dabei im Weg. Erstens wurde das Archiv jetzt wesentlich besser bewacht als normalerweise, was es schwer machte, überhaupt hineinzukommen. Zweitens mussten sie den Almanach aus dem Gebäude bekommen, drittens sollten die Hexenjäger nicht wissen, welches Buch der Widerstand entwendet hatte, da sie sonst Rückschlüsse auf dessen Pläne hätten ziehen können.

Die Lösung für diese Probleme war Daven gekommen, als er erfahren hatte, dass heute Nacht die Elitejäger Eoin und Belvedere dazu verdonnert worden waren, dort oben Wache zu schieben. Er kannte beide schon von früher aus Kelld und wusste, dass Eoin labil und leicht zu beeinflussen war und Belvedere dazu neigte, vor allem seine Ruhe haben zu wollen und nicht immer alles meldete, was er eigentlich hätte melden sollen. Es war ein riskanter Plan und er würde viel improvisieren müssen, aber es handelte sich noch um ihre beste Chance.

Synn wusste das, trotzdem war ihm nicht ganz wohl bei der Sache. Er wandte sich zu Daven. „Bist du sicher, dass du das so durchziehen willst?"

„Ja."

„Und du glaubst wirklich, dass es funktioniert?"

„Ich hoffe es. Immerhin wäre dann meine jahrelange Ausbildung nicht völlig umsonst gewesen", meinte Daven und zwinkerte verschwörerisch. Vor seiner Zeit beim Widerstand war er Schauspieler gewesen und hatte auf seinen Tourneen einiges an Tricks lernen können.

„Na schön. Den Zeitplan hast du im Kopf?"

„Ja. Es wird schon schiefgehen."

„Frann bringt mich um, wenn ich dich nicht wieder heil nach Hause bringe." Der Alb seufzte leise. „Und ich habe mich schon letzthin nicht gerade mit Ruhm bekleckert."

„Das war nicht deine Schuld, Synn. Leider kann es jedem passieren, eine Ratte in den eigenen Reihen zu haben. Und das Schlimmste hast du ja verhindert."

„Hm." Synn sah auf. „Da kommen sie."

Zwei Elitehexenjäger, ein größerer mit Bart und dunklen Locken und ein kleinerer, nervöser Blonder, kamen auf den Turm zu. Begeistert schienen sie von der Aussicht auf eine schlaflose Nacht nicht gerade zu sein. Am Tor empfingen sie ihre Kollegen von der vorherigen Schicht, ein kurzer Wortwechsel folgte, dann betraten Belvedere und Eoin den Turm, während ihn ihre Vorgänger verließen und in Richtung Hauptgebäude verschwanden. „Na dann los."

Die beiden Widerständler liefen geduckt zu der dem Hauptgebäude abgewandten Seite des Turmes. So leise wie möglich ließen sie sich hinab in den kleinen Wassergraben und wateten zur Turmmauer. Synn murrte dabei leise etwas, das für Daven ziemlich wie ‚Pissplörre' klang — trotz der ernsten Lage musste er grinsen; der Prinz mochte es also immer noch gerne sauber. An der Mauer blieb Synn stehen und bildete eine Räuberleiter für Daven, der von den Händen des Alben auf dessen Schultern stieg, um das Gitter des Lüftungsschachtes erreichen zu können, der sich über ihnen befand. Das Gitter war von innen mit einem Schloss gesichert gewesen, das sie am Nachmittag in vertauschten Positionen hatten knacken können — die Hexenjäger hatten die Gelenkigkeit der Alben unterschätzt. Daven hatte nur erstaunt dabei zusehen können, wie weit und in welch absonderlichen Winkeln sich Synn durch das Gitter gequetscht hatte, um das Schloss zu öffnen, und er versuchte jetzt, sich nicht dadurch gekränkt zu fühlen, wie viel leichter es dem Alben fiel, ihn auf den Schultern zu tragen als andersherum.

Daven hob das Gitter an und verschwand im Luftschacht, froh, weder allzu groß noch allzu breit gebaut zu sein. Er klopfte für Synn ein kurzes ‚Alles in Ordnung' and die Wand, welches der Prinz von außen erwiderte, bevor er sich vom Turm entfernte. Für Daven begann nun der lange, klaustrophobisch enge Aufstieg durch den Lüftungsschacht - der auf dem erbeuteten Grundriss des Turms doch deutlich kürzer und bequemer gewirkt hatte - und er nahm einiges an Dreck und Spinnenweben dabei mit. Schließlich aber erreichte er sein Ziel; den runden Raum ganz oben unter dem Dach, bis unter die Decke vollgestopft mit Büchern und alten Schriftrollen. Das Lüftungsgitter befand sich hier in einer verwinkelten Ecke zu ebener Erde und Daven musste den Kopf verdrehen, bevor er den Almanach auf einem Stapel in der Nähe entdeckte. Die Versuchung war groß, aus dem Schacht zu springen und sich das Buch einfach zu schnappen, doch das Gitter erwies sich wie erwartet als fest verschraubt, als er probeweise dagegen drückte, außerdem wäre auch dem dümmsten Hexenjäger klargewesen, was der Widerstand im Schilde führte, wenn ausgerechnet dieses Buch gestohlen würde.

Die Zimmertür ging auf und Belvedere und Eoin kamen herein.

„... nicht mal einen Tee bieten sie uns an", beschwerte sich Belvedere gerade und bezog sich wohl auf die beiden Archivare, die sich heute Nacht ebenfalls im Turm befanden. „Als ob wir den über ihre kostbaren Schriften kippen würden." Er sah sich im Raum um. „Wenn all der Kram so gefährlich ist, warum vernichten sie es dann nicht einfach?"

„Du darfst doch nicht einfach so magische Texte vernichten!", entfuhr es Eoin entsetzt.

„Wegen des Verlustes an Weltwissen?"

„Nee, weil dir die Magie dann den Arsch aufreißt." Eoin zog unbehaglich die Schultern hoch. „Echt unheimliches Zeug haben die hier. Die ganzen alten Sachen von den Grauen und so."

Belvedere schien nicht allzu sehr beeindruckt. „Ach? Meine alte Tante hat immer behauptet, magische Bücher könnten reden."

„Das können sie auch! Die ganz mächtigen zumindest."

„Ja, aber meine Tante war auch ähnlich paranoid wie du. Hat sich nie Milch liefern lassen, weil sie dachte, der Milchmann spucke hinein."

„Naja..." begann Eoin, aber Belvedere winkte ab.

„Ich geh mal kurz runter; ich hab vergessen, dass die beiden Bücherwürmer noch ein Formular unterschreiben müssen."

„Du lässt mich hier allein?"

„Bin ja gleich wieder da." Belvedere verließ den Raum und zog die Tür hinter sich zu, offenbar ganz froh, kurz vom nervösen Eoin wegzukommen.

Der sah sich unbehaglich um, öffnete das Fenster noch etwas weiter und setzte sich schließlich steif auf einen der herumstehenden Hocker. Daven konnte sein Glück kaum fassen, dass die beiden sprechende Bücher erwähnt hatten; wie sehr kam das seinem grundsätzlichen Plan entgegen! Es stimmte, dass die ganz mächtigen Grimoires eine Art telepathische Verbindung zu denen herstellen konnten, die sie lasen, aber wirklich sprechen konnten selbst die nicht. Doch das schien Eoin nicht zu wissen. Daven holte tief Luft. In seiner Schauspielerzeit hatte er gelernt, seine Stimme in den Raum zu projizieren und sogar aus entfernten Ecken kommen zu lassen, was er aufschnappen konnte, als er den Bauchredner vertreten musste, weil der Zahnschmerzen

hatte. Er erinnerte sich an das, was im Drehbuch von
,*Das Grauen auf Schloss Mothbourne*' schlicht als
,*entfernte Geistergeräusche*' bezeichnet worden war und
ließ das wehklagende Seufzen aus der Nähe des
Almanachs kommen. Eoin stutzte und erhob sich abrupt
von seinem Hocker. Daven setzte gerade zu einem neuen
Seufzer an, als er Belvedere die Treppe hinaufkommen
hörte. Er machte sich eine mentale Notiz, dass der
Hexenjäger gut zu Fuß war und den Turm schnell rauf-
und runterrennen konnte. Das würde es für Synn
riskanter machen.

Kaum öffnete Belvedere die Tür, platzte es schon aus
Eoin: „Hier spukt es!"

Sein Kollege war einige Male mit Reuben auf Einsätzen
gewesen und war infolge dessen nicht mehr leicht zu
erschrecken, was Geister anging. „Das kann schon sein.
Ist ja ein altes Gebäude." Ruhig schloss er die Tür
hinter sich, zog den einzigen vorhandenen Sessel heran
und holte ein kleines, zerlesenes Büchlein aus der
Westentasche. Daven konnte undeutlich den Titel
ausmachen: ,*Die verlorene Liebe der Gräfin Mathilde*'.

„Du setzt dich hier einfach hin und liest?" fragte Eoin
fassungslos.

„Warum nicht? Rebellen sind keine da, und deine
Geister wird's wohl auch nicht stören."

Eoin öffnete den Mund, überlegte es sich dann aber
anders. Schmollend verschränkte er die Arme und setzte
sich wieder auf seinen Hocker. Eine kurze Zeitlang
herrschte Stille, dann klopfte es unten am Tor, so laut,
dass man es bis oben hin deutlich hörte. Belvedere sah
von seinem Buch auf und lauschte, aber als sich auch

nach einer Weile nichts weiter tat, zuckte er mit den Schultern und las weiter. Da klopfte es abermals. Diesmal kamen nach einer Weile Schritte die Treppe hinauf und Belvedere legte sein Buch weg. Einer der Archivare steckte den Kopf ins Zimmer und räusperte sich unbehaglich.

„Nun, ich möchte nicht stören, aber... es hat jetzt zweimal geklopft und beide Male war dann niemand vor dem Tor."

„Ich nehme an, Streiche bekommt ihr hier draußen normalerweise nicht?"

„Nein, Sir."

„Ich sag doch, es spukt!" entfuhr es Eoin.

Der Archivar warf ihm einen erstaunten Blick zu. „Oh nein, Sir, mit sowas hatten wir hier nie Probleme, nicht mal milde Phänomene."

Der nervöse Hexenjäger schien nicht überzeugt, widersprach aber auch nicht.

Belvedere brummte frustriert und stand auf. „Es könnte ein Ablenkungsmanöver sein. Ich werde mich mal draußen umsehen."

„Und ich?" fragte Eoin.

„Wenn es ein Ablenkungsmanöver ist, wollen sie uns aus dem Turm locken. Du bleibst also hier und passt auf."

„Ab..."

„Bin gleich wieder da."

Zusammen mit dem Archivar verschwand Belvedere die Treppe hinunter. Eoin blieb allein zurück und sah sich unbehaglich um. Daven konzentrierte sich. Jetzt kam es auf sein Talent an.

Leise, erst kaum wahrnehmbar, dann unbestreitbar vorhanden, ertönte ein spöttisches, tiefes Lachen, das durch das Zimmer zu wandern schien. Eoins Nackenhaare stellten sich auf.

„Wer ist da?" fragte er forsch, aber eine Spur zu hoch. „Bist du ein Geist?"

„Es spukt hier doch nicht." Wieder das unheimliche Lachen. „Obwohl das nicht heißt, dass nichts da ist, nicht wahr?"

Eoin wich zur Tür zurück. „Was bist du? Was..." Er stutzte abrupt und sah sich um. Ringsum türmten sich die Stapel aus Büchern und Schriften. Verbotenen, machtvollen, gestohlenen Büchern und Schriften. „Du... bist du ein... Buch?"

Die Stimme kicherte nur leise und Eoins Magen rutschte eine Etage tiefer. Unvermittelt öffnete sich schwungvoll die Tür und Belvedere platzte in den Raum. Eoin kreischte entsetzt und fuhr herum.

„Was denn nun?" fragte sein Kollege strapaziert, denn draußen war weit und breit keine Spur von dem mysteriösen Klopfer zu entdecken gewesen.

„Das Buch spricht mit mir!" klagte Eoin aufgebracht. „Es lacht über mich!"

Belvedere musterte ihn schweigend. Er kannte Eoin schon eine ganze Weile, sie hatten zusammen in Kelld ihre Ausbildung absolviert und einige Jahre als einfache Hexenjäger zusammengearbeitet, bevor sie in kurzem Abstand nach Caldon gerufen worden waren, um Elitejäger zu werden. Er wusste, dass niemand ein Kampfgeschehen so ruhig und professionell bewältigte wie Eoin. Das Problem war; wenn keine unmittelbare

Gefahr für sein Leben bestand, schien er sich oft eine einzubilden. Alles erschreckte ihn dann, und man konnte im Voraus nicht sagen, wie Eoin auf eine solche Situation reagieren würde, ob er einen guten oder einen schlechten Tag hatte. Heute war es offenbar ein schlechter.

Belvedere räusperte sich bedächtig. „Welches Buch?"

„Huh?"

„Welches Buch lacht dich aus?"

„Ich... ich weiß nicht..." Eoin sah sich verwirrt um. „Es schien von überall herzukommen."

„Ah. Okay." Belvedere seufzte. „Nun, wenn es das nochmal macht, sag ihm doch einfach, dass du in offizieller Funktion hier bist und es dich nicht dumm anmachen soll, ja?"

„Ab..."

Wieder klopfte es unten. Sehr laut, sehr aggressiv.

Der bärtige Hexenjäger verdrehte die Augen und setzte sich demonstrativ in den Sessel. „Oh nein. Ich werde nicht wieder runtergehen."

Das Klopfen erklang erneut, noch lauter, fast schon beleidigend frech.

„Sir!" rief der Archivar von unten, bemerkenswert wehleidig und drängend.

Belvedere sprang auf. „Verfluchte...!" Energisch strebte er zur Tür.

„Lass mich hier nicht allein mit denen!" jammerte Eoin.

„Verdammt Eoin, es sind nur Bücher!" schnauzte Belvedere, knallte die Tür hinter sich zu und polterte die Treppe hinunter.

„Tja", hörte Eoin direkt hinter sich. „Jetzt bleiben wohl nur wir beide."

Synn hämmerte erneut gegen das Tor des Turms. Er schämte sich fast, zu so simplen Methoden zu greifen, aber manchmal funktionierte einfach eben am besten. Er hörte den größeren Hexenjäger die Treppe hinunterkommen, offenbar bewegte sich dessen Geduld gerade stracks auf ihr Ende zu. Der Eingang bestand aus einer Art Schleuse; eine innere Tür, die immer erst wieder verschlossen wurde, bevor man die andere öffnete, ein kleiner Vorbereich und dann das große Außentor. Synn vernahm Stimmen und das Geklapper von Schlüsseln, die innere Tür öffnete sich und wurde wieder abgeschlossen. Schnell griff Synn den dicken Steinbogen rund um das Tor, schwang sich hinauf und von dort auf den Sims vom ersten Stock. Direkt über dem Eingang hatte der Turm auf ganzer Höhe eine Art Einbuchtung, vielleicht hatte man dort früher unangenehme Substanzen auf Angreifer herabfließen lassen, und der schlanke Alb war schmal genug, um sich im Schatten dieser Einbuchtung zu verstecken. Diesmal hatte er allerdings Pech – als er zur Seite blickte, begegnete ihm das perplexe Gesicht der Dienstmagd, die, wie so oft, Überstunden machen musste und gerade das Fenster direkt neben ihm geöffnet hatte, um einen der kleinen Läufer auszuschütteln. Synn reagierte blitzschnell und hielt ihr den Mund zu, was die junge Dame in ihrer Verwirrung einfach hinnahm.

Das Tor unter ihnen flog auf und Belvedere stampfte nach draußen. Wütend wandte er sich von rechts nach links und schnauzte: „Es reicht jetzt langsam! Zeigt euch! Wenn ich euretwegen noch einmal diese verdammte Treppe..."

Der Archivar unterbrach ihn mit leiser, etwas weinerlicher Stimme und schien sich über die Qualität und Manieren des heutigen Wachdienstes zu beschweren und beteuerte, so eine Nacht hätten sie noch nie erlebt; was gedenken die Herren Hexenjäger dagegen zu tun, wo hier doch so wichtige Schriften... Belvedere wandte sich zu ihm um und ging ein paar Schritte zurück in den Eingang, um dem Mann zu erklären, wie lange er heute schon auf den Beinen war und was er nicht nur Anbetracht dessen von Meckerfritzen wie ihm hielte. Das äußere Tor blieb dabei offen. Das war Synns Chance. Er warf einen fragenden Blick zu der Dienstmagd und legte einen Finger auf die Lippen. Sie, die wirklich genug davon hatte, diesen schlampigen Archivaren jeden Tag den Dreck wegräumen zu müssen, ohne je ein Wort des Dankes dafür zu bekommen, und die sich nun seit kurzem auch noch zusätzlich mit den dummen Kommentaren gelangweilter Hexenjäger auf Wache herumärgern musste, die noch mehr Dreck machten, sah hier ihre Chance, es der ganzen Bande ein wenig heimzuzahlen - außerdem war der albische Rebell einfach viel zu hübsch, um ins Gefängnis zu kommen. Also nickte sie ernst. Synn grinste dankbar, nahm seine Hand weg und gab ihr ein Küsschen auf die Wange[*], bevor er sich elegant vom Torbogen zurück auf die Erde schwang. Hexenjäger und Archivar starrten ihn verdutzt an, für einen Moment zu erstaunt, um zu reagieren.

---

[*] Was ihr ohnehin kurz die Sprache verschlagen hätte.

„Hey", machte Synn nett. „Glaubt nicht alles, was euch eure Informanten so erzählen." Dann rupfte er blitzschnell den Schlüssel aus der Hand des Archivars. In Belvedere kam wieder Leben, doch der Alb war schneller, schlug ihm das Tor vor der Nase zu und verriegelte es, bevor der andere, nun gefangen zwischen den beiden Türen und ohne Mittel, diese zu öffnen, von innen dagegen Sturm lief. Synn brach mit einem Ruck den Schlüssel im Schloss ab. Er lächelte zufrieden, als er von drinnen frustriertes Fluchen hörte, dann Rufe, man solle sie rauslassen. Doch wie Synn mitbekommen hatte, arbeitete der zweite Archivar im Kellergewölbe und würde die beiden nicht allzu bald erhören. Er winkte kurz der Dienstmagd, der er heute eine Anekdote geliefert hatte, die sie noch ihren Enkelkindern erzählen würde, und machte sich davon.

Eoin fuhr herum. „Wo bist du? Was willst du von mir?"
„Och", machte die unheimliche Stimme gedehnt. „Wir magischen Artefakte wollen doch im Grunde immer alle das gleiche."
Daven sagte nicht, was das denn sei; die Antwort darauf überließ er Eoins überreizter Phantasie. Offenbar erfolgreich; der Hexenjäger wurde ganz blass und machte einen Schritt zur Tür hin.
„Bel...", setzte er an, doch die geisterhafte Stimme unterbrach ihn.
„Wozu nach ihm rufen? Er glaubt dir nicht. Wie damals in Winbury."

Eoin erstarrte. „Woher weißt du davon?" flüsterte er fassungslos. Niemandem hatten sie davon erzählt, nicht mal Lachlan hatte je etwas darüber herausbekommen.

Er konnte natürlich nicht wissen, dass er mit einem der drei Widerständler sprach, die in letzter Sekunde der verlassenen Mühle hatten entkommen können, die er, Eoin, in einem paranoiden Anfall in Brand gesteckt hatte, überzeugt, ihr Dachboden beherberge dämonische Entitäten. Daven gab zu, eine Idee zu viele Gerüchte dahingehend gestreut zu haben, um Neugierige vom Rückzugsort des Widerstandes fernzuhalten. Aber wer konnte auch damit rechnen, dass einer der Hexenjäger zu der Überzeugung gelangen würde, dass besagte Dämonen es speziell auf ihn abgesehen hatten und zur Fackel griff, um das Böse von der Erde zu tilgen? Einige unwiederbringliche, gestohlene Dokumente, die dort vom Widerstand gelagert worden waren und eigentlich hätten zurückgeholt, gesichtet und gesichert werden sollen, gingen dabei verloren; ein herber Rückschlag für die Hexenjäger. Der einzige andere Hexenjäger vor Ort zum Zeitpunkt des Geschehens war Belvedere gewesen, und der hatte es vorgezogen, einen Unfall vorzutäuschen, um nicht erklären zu müssen, wieso er seinen labilen Kollegen nicht aufgehalten hatte, obwohl ihm dieser mehrfach von seiner Überzeugung erzählt hatte, dass alles, was mit der Mühle zu lange in Kontakt kam, verdorben sei und dem Feuer übergeben werden müsse. Tatsächlich hatte Belvedere nur mit einem Ohr zugehört und sich nicht weiter um sein Gerede gekümmert.

„Ich weiß alles über dich", raunte die Stimme. „Du bist schon zu lange in meiner Nähe geblieben."

Diesmal kam sie direkt und unmissverständlich vom Almanach, und Eoin fuhr erschrocken zurück. Doch dann sammelte er sich und baute sich bedrohlich vor dem dicken Band auf.

„Ach ja?" krächzte er forsch, wenn auch am Rand der Hysterie. „Du – du kannst mir gar nichts! Schließlich bist du nur ein Buch! Ich kann dich ganz einfach loswerden!"

Die Stimme lachte nur spöttisch und äußerst unangenehm.

„Hör auf!" Eoin sah sich hektisch um.

Zum Glück für Daven gab es schon aus Sicherheitsgründen keinen Kamin im Zimmer, mit Feuer konnte der Hexenjäger also nicht kommen, aber ihm fiel ein, dass unten der Wassergraben war, und Wasser wirkte auch reinigend, wenn auch nicht so vernichtend gründlich wie Feuer.

Eoin trat einen Schritt auf den Almanach zu und deutete auf das weit offene Fenster. „Ich warne dich! Lass mich zufrieden, oder ich..."

Vom Buch kamen nur die spöttischen Geräusche eines Huhns.

„Ich warne dich!" wiederholte Eoin, deutlich fester diesmal.

„Wie geht's deiner Familie?" Das war ein Schuss ins Blaue, aber Daven schloss aus Erfahrung, dass jemand wie Eoin in der Regel nicht so wurde, wie er war, ohne dass die nächsten Angehörigen nicht zumindest einen gewissen Anteil daran hatten.

Mit einem Aufschrei packte Eoin den Almanach und schleuderte ihn aus dem Fenster. In seiner Wut fiel ihm nicht mal auf, dass von draußen kein Platschen kam.

„Ha!" machte er triumphierend.

„Netter Versuch. Aber ich bin hier", kam es trocken von einem der Bücher von dem Stapel, auf dem der Almanach gelegen hatte.

Eoin japste erschrocken und warf auch diesen Band aus dem Fenster.

„Jetzt bin ich hier."

„Nein hier."

„Hier!"

Daven ließ seine Stimme hintereinander aus verschiedenen Ecken kommen und Eoin hakte aus; grollend ging er auf die Bücher los, die ihn verspotteten, und schmiss sie so heftig aus dem Fenster, dass sie auch hindurchgegangen wären, hätte es nicht offen gestanden. Er fing arrogant an, zu lachen, warf auch noch ein paar weitere Bücher hinaus, nachdem die Stimme längst verstummt war, berauscht von seiner vermeintlichen Macht.[*]

Die Tür ging auf und Belvedere konnte gerade noch das massige Lexikon abfangen, das Eoin im Reflex auf sein Gesicht geschleudert hatte. Letztendlich hatte der Archivar im Keller die beiden Eingeschlossenen rufen hören und aus ihrer misslichen Lage befreit – auch, wenn die Dienstmagd den Ersatzschlüssel versehentlich erst ins Abflussgitter fallen ließ - aber bis dahin hatte sich Belvedere das fortlaufende, wehleidige Gemecker des ersten Archivars anhören müssen, der nicht glauben

---

[*] Gewissen Leuten ist es einfach eine Wonne, Bücher zu vernichten.

konnte, dass sie jetzt seit Tagen die Hexenjäger hier hatten, die sie permanent in ihrem gewohnten Ablauf störten, nur, weil diese auf eine Scherzinformation vom Widerstand hereingefallen waren! Belvedere war stolz, keine Gewalttat begangen zu haben, als er schließlich wieder die elend lange Treppe zum Turmzimmer hinaufstieg.

Das Chaos, das ihn dort empfing, hatte er allerdings nicht erwartet. Fassungslos ließ er seinen Blick über die zusammengefallenen Bücherstapel wandern. In der Mitte des Raumes stand Eoin und wirkte sehr zufrieden mit sich.

„Was...?" begann Belvedere.

„Sie versuchten, sich in meinen Kopf zu sprechen, aber das habe ich nicht mit mir machen lassen! Ich habe die gesamte ledergebundene Brut dem Wasser übergeben!" verkündete sein Kollege stolz und deutete in großer Geste zum Fenster.

Belvedere musste das kurz verarbeiten, dann machte es klick. „Du hast Bücher aus dem Fenster geworfen?!" Ein panischer Seitenblick zum Sessel, doch Gräfin Mathilde lag unangetastet, wo er sie zurückgelassen hatte.

„Natürlich, sie waren besessen. Als Hexenjäger ist es meine Pflicht..."

„Schhhh!" zischte Belvedere, steckte schnell den Kopf aus der Tür, ob jemand das gehört haben könnte, und schloss sie dann leise, bevor er sich wieder an Eoin wandte. „Welche Bücher hast du rausgeschmissen?"

„Na, die, die sprachen."

„Welche Titel hatten die?"

„Darauf habe ich doch nicht geachtet. Hauptsache, sie sind im Graben."

„Wie viele waren das?"

„Keine Ahnung. Sechs oder sieben?"

Belvedere fuhr sich mit einer Hand über das Gesicht. „Weißt du nicht, wie wertvoll diese... jedes einzelne davon ist mehr wert als..." Für den Schaden würden sie niemals aufkommen können. Es würde massiv Ärger geben, und am Ende wäre wieder er, Belvedere schuld, weil er den wirren Eoin unbeaufsichtigt gelassen hatte. „Komm", forderte er Eoin entschlossen auf. „Hilf mir, die Stapel wieder aufzuschichten. Hier gibt es so viele Bücher, die paar, die fehlen, werden nicht so bald auffallen. Und wenn eines Tages doch, werden sie es nicht mehr mit uns in Verbindung bringen."

„Ja aber – ich habe dem Archiv doch einen Dienst erwiesen! Sie sollten davon wissen, falls es in Zukunft wieder besessene Bücher gibt."

Belvedere wrang die Hände und bemühte sich, sein Gehirn auf Eoin-Logik umzustellen. „Ja... aber schau. Du hast mir doch erzählt, dass man magische Bücher nicht einfach so vernichten darf, weil sie sich dann rächen."

„Ja."

„Das hast du aber eben gemacht."

„Ah, nein, ich habe sie dem Wasser übergeben. Das Wasser bannt sie."

Für Belvedere machte das vorne und hinten keinen Sinn, aber wie die meisten Glaubensprinzipien hatte es wohl auch einfach keinen. „Ja... aber schau. Wenn wir von der Sache hier erzählen, wollen die Leute vielleicht herausfinden, was mit den Büchern nicht gestimmt hat. Sie erforschen."

Wissenschaftler waren in Eoins Weltbild nicht gerade hoch angesehen*, und er verzog erwartungsgemäß das Gesicht. Belvedere fuhr fort.

„Dann holen sie die Bücher aus dem Wasser und sie sind nicht mehr gesichert..."

„Gebannt."

„Ja, gebannt, und dann können sich die Bücher an dir rächen. Und äh, wieder Unheil stiften."

Eoin sog scharf die Luft ein. „Das muss verhindert werden."

„Gut. Dann hilf mir jetzt, die Stapel wieder aufzuschichten und wir werden nie wieder ein Wort über das hier verlieren. Klar?"

„Klar." Eoin tippte sich verschwörerisch mit dem Finger gegen die Nase und machte sich ans Werk.

Belvedere seufzte leise. Zwischen seinen absonderlichen Episoden konnte sein Kollege immerhin gut mitanpacken.

Daven ließ sich aus dem Lüftungsgitter herab und Synn half ihm hinunter. „Lief alles nach Plan?"

„Ja", antwortete Daven. „Und hier?"

Synn machte nur eine Geste zu dem ordentlichen Stapel von sieben trockenen Büchern, der am Grabenufer aufgeschichtet lag.

„Du kannst wirklich gut fangen", meinte Daven anerkennend und kletterte aus dem Graben.

---

* Es sei denn, zum Beispiel die Medizin sollte sein Leben retten.

Synn folgte und hob den Stapel auf. „Abgesehen vom Almanach sind noch andere, wirklich nützliche Bände dabei. Als hätte er in seinem Wahn instinktiv die mächtigeren Bücher gegriffen."

„Unter anderen Umständen wäre Eoin vielleicht gar nicht so... wenn man ihm – ich fühle mich fast ein wenig schlecht, das ausgenutzt zu haben."

„Aber nur fast", beharrte Synn mit einem gewissen Nachdruck.

„Ja. Zumal er am Ende doch sehr zufrieden mit sich schien." Daven seufzte. Er drehte den Kopf und sah über die Schulter hinauf zu dem erleuchteten Fenster, hinter dem die Hexenjäger hektisch aufräumten. „Irgendwann befreien wir die restlichen Bücher auch aus ihrem Turm."

Synn klopfte leicht Davens Schulter. „Das werden wir. Irgendwann."

Die beiden Widerständler kehrten dem Turm den Rücken zu und verschwanden lautlos im Dunkel der Nacht.

Kenzie schaute sich misstrauisch um und zog unauffällig den alten Schlüssel aus ihrer Rocktasche. Ihre Finger fühlten sich eiskalt an, sie war nervös. Niemand sollte sehen, wie sie sich mitten auf dem Sonnenwendtanzfest in die Schenke ihres Arbeitgebers Grannon schlich. Sie warf noch einen schnellen letzten Blick über die Schulter, dann schloss sie die Schenkentür auf und schlüpfte hindurch. Drinnen war alles dunkel und leer, während von draußen gedämpft der Lärm der Feiernden hereindrang. Ausgerechnet heute, wenn Rigby seinen jährlichen Dorftanz zur Sommersonnenwende veranstaltete, hatte Grannon geschäftlich nach Burgh gemusst. Die Schenke blieb zu, dennoch war der Tanzboden auf dem Platz direkt davor errichtet worden. Das Wetter war gnädig und schickte keinen Regen, deswegen störte es niemanden, dass alle Feierlichkeiten unter freiem Himmel stattfanden. Aber Kenzie war nicht hier, um sich zu amüsieren.

Sie huschte in den kleinen Abstellraum und zwängte sich vorsichtig zwischen allerlei aufgestapelten Kisten hindurch. Sie musste aufpassen, ihr grün-gelb kariertes Tanzkleid nicht schmutzig zu machen, denn das würde auffallen, genauso wie es aufgefallen wäre, wäre Kenzie in ihrer Alltagskleidung erschienen. Sie war bis zur hinteren Wand vorgedrungen und klopfte dort gegen die Bretter, bis sie einen hohlen Klang vernahm. Hier hatte Dunmore die Dokumente versteckt, die er aufgrund unvorhersehbarer Umstände nicht wie geplant hatte übergeben können. Kenzie war froh, dass ihr Freund in dieser Nacht überhaupt davongekommen war - wenn es auch Dunmore selbst weit wichtiger schien, dass die Dokumente nicht den Hexenjägern in die Hände fielen.* Denen war dieser Verlust nur allzu bewusst; ihre Kontrollen und Durchsuchungen hatten so zugenommen, dass es bisher zu riskant gewesen wäre, die Schriftstücke aus ihrem Versteck zu ihrem Bestimmungsort zu bringen. Doch heute war der Sonnenwendtanz. Die Straßen waren voll, die Leute fröhlich, die Hexenjäger abgelenkt. Heute hatten sie eine Chance.

Kenzie zog nach kurzem Tasten den kleinen Papierpacken, zum Schutz gegen die Feuchtigkeit fest in Wachstuch gewickelt, aus dem Wandversteck. Sie wusste nicht, was darin stand, zu ihrem eigenen Schutz und dem des Widerstandes. Ihr war aber klar, dass die Informationen entscheidend für ihre Sache waren, und das war wirklich schon Druck genug. Sie schlängelte sich wieder zwischen den Kisten hindurch zurück in den Schankraum und staubte ihr Kleid ab. Versonnen strich sie kurz über das flache Papierpäckchen in ihrer Hand. Vielleicht würde dem Widerstand nun endlich der entscheidende Schritt gegen die Hexenjäger gelingen?

Es klopfte leise und in einer bestimmten Melodie gegen die Schenkentür. Kenzie zuckte erschrocken zusammen, erkannte das Klopfzeichen jedoch. Schnell öffnete sie

---

* So war er halt.

die Tür und zwei Gestalten huschten hinein. Kenzie spähte durch das Sichtfenster in der Tür, ob auch niemand die Neuankömmlinge bemerkt hatte, dann erst drehte sie sich zu ihnen um.

„Ich bin so froh, dass ihr es geschafft habt", meinte sie.

Ihr eines Gegenüber, eine drahtige blonde Frau mittleren Alters, nickte. „Und es war nicht ganz leicht, das kann ich dir sagen. In Burgh hatten sie überall ihre Leute."

„Aber du hattest recht", meinte der andere, ein junger Mann mit dunklem Haar. „Auch die Hexenjäger wollen zur Sonnenwende feiern – sie sind erstaunlich entspannt heute. Denen steht nicht der Sinn nach Arbeit."

Kenzie nickte. „Direkt hier auf dem Festplatz habe ich noch keine gesehen. Hoffen wir, dass das reicht."

Sie bemerkte den besorgten Gesichtsausdruck des jungen Mannes. Sue war kaum älter als Kenzie und ein sehr sensibler Mensch. Vielleicht auch deshalb hatte sich Kenzie nie getraut, zu fragen, warum seine Eltern meinten, Sue wäre eine gute Namenswahl für ihren Sohn. Libby, seine Begleiterin, war da weit taffer. Sie gehörte dem Widerstand schon lange an und galt als unbedingt verlässlich. Auch jetzt wirkte sie entschlossen. „Es wird reichen, wir sorgen dafür."

Kenzie seufzte leise und übergab Libby das kleine Päckchen. Die ältere Frau warf einen ernsten Blick darauf, dann verstaute sie die Dokumente in einer geheimen Tasche in ihrer Weste.

„Am besten, ihr geht direkt durch das Gewühl und dann zum kleinen Weg hinter der Schenke, das ist wohl die sicherste Route..." Kenzie rieb sich unruhig die Hände, ihr wurde bewusst, wieviel auf dem Spiel stand, was geschehen würde, sollten sie gefasst werden. „Ich meine... ich denke, sie ist es, ich hoffe, es..."

Libby drückte ihre Schulter. „Keine Sorge, ich kenne mich hier auch aus. Wir schaffen das."

Kenzie nickte nervös, sie hatte auf einmal ein ganz schlechtes Gefühl.

„Ähh – Leute?" fragte Sue von der Tür, seine Stimme höher als gewöhnlich. „Ich glaube, wir haben ein Problem."

Kenzie kam zu ihm und schaute durch das kleine Sichtfenster. Gerade betraten zwei Hexenjäger das Festgelände, ein drahtiger Rotschopf und ein Großer mit braunem Pferdeschwanz. Sie kannte sie vom Sehen – es waren welche von der Elite.

„Na gut, okay", murmelte Kenzie. „Das ist nicht so toll, aber es hätte schlimmer..."

Ein dritter Hexenjäger trat zu seinen Kollegen, die daraufhin respektvoll zur Seite wichen. Der Neuankömmling war ein hochgewachsener Schwarzhaariger mit auffallend blasser Haut und fließendem Gang. Lachlan.

„Scheiße!" entfuhr es Kenzie.

Sue war ob ihres plötzlichen Ausbruches ein wenig zusammengezuckt und spähte nun ebenfalls hinaus. Er wurde ganz grün um die Nase. „Ooh... nicht doch der, großer Gott, nein, das ist nicht gut..." Er fing leicht an, zu hyperventilieren.

Libby trat an seine Seite und strich ihm beruhigend über den Rücken. Ihr Gesicht war sehr ernst. Sie kannte nur einen Hexenjäger, der solche Reaktionen hervorrief und musste nicht erst fragen, wer da draußen war.

Kenzie rieb sich verbissen die Stirn. Seit knapp vier Jahren schon schien Lachlan überall dort aufzutauchen, wo sie sich herumtrieb. Sie verstand nicht wirklich, warum ihr seine Aufmerksamkeit derart zuteilwurde und wollte es auch nicht wissen. Inzwischen kam es ihr schon so vor, als zöge sie das Unglück geradezu an und ihre Freunde mit hinein.

Sie drehte sich entschlossen zu Libby und Sue um. „Okay, gut. Planänderung. Wir machen das so: Ich lenke die Elitejäger ab, und ihr wartet auf einen günstigen Moment und verschwindet."

„Wie willst du die denn ablenken?" fragte Sue entsetzt.

„Ich... ich weiß noch nicht, ich werde dann einfach improvisieren."

„Das ist riskant", gab Libby zu bedenken. „Andererseits weiß ich, dass du in dieser Situation vermutlich die besten Chancen hast."

Ob sie die Gerüchte über Kenzies bisherige Begegnungen mit Lachlan gehört hatte oder einfach dachte, dass Kenzie Leute gut aus dem Konzept bringen konnte, gab Libby nicht preis.

„Na dann." Kenzie griff nach der Türklinke, bevor sie es sich noch anders überlegen konnte. „Haut ab, so schnell ihr könnt."

„Viel Glück", drückte Libby ihr die Daumen.

„Sei bloß vorsichtig", meinte Sue.

Kenzie schlüpfte durch die Tür, so schnell und unauffällig wie nur möglich. Sie atmete einmal durch und ging entschieden Richtung Hexenjäger.

„Sie ist echt knallhart", murmelte Sue beeindruckt.

Kenzie musste sich beherrschen, um vor Nervosität nicht zu rennen. Fahrig strich sie sich über den Rock, ihre Hände zitterten leicht. Sie zwang sich, langsamer zu gehen. Es musste natürlich aussehen, niemand durfte merken, dass diese Begegnung absichtlich stattfand. Sie hatte immer noch keine Ahnung, wie sie die Hexenjäger unauffällig, aber gründlich genug ablenken sollte. Dann war es zu spät; sie schlüpfte zwischen zwei Tanzgästen hindurch und stand vor den beiden Elitejägern.

„Oh!" machte sie überrascht und stoppte abrupt.

Die zwei drehten sich neugierig zu ihr.

„Was denn ‚oh', Missy?" fragte der Rotschopf.

„Nun, ich...", Kenzie sah sich schnell diskret um, konnte Lachlan aber nicht entdecken. „Ich bin etwas erstaunt, hier Herren von der Elite anzutreffen. Es ist doch hoffentlich nichts passiert?"

Bei dem Wort ‚Herren' wurde ihr ein bisschen schlecht, aber die Masche ‚besorgte Bürgerin' klappte immer gut, besonders, weil Kenzie so harmlos aussah. Auch bei den beiden schien sie zu ziehen.

„Es ist nichts passiert, was nicht schon hundertfach passiert wäre, aber wenn der Widerstand Ärger macht, müssen wir halt ran, Missy."

„Sogar an Feiertagen", brummelte der große Brünette.

„Es sind Widerständler hier?" fragte Kenzie erschrocken und nutzte die Chance, sich erneut umzusehen. „Steht etwa ein Anschlag bevor?"

„Aber nein, keine Panik, ist ja alles nur Routine."

„Reine Routine, Missy."

Kenzie musste sie länger festhalten. „Ich bin beim Festkomitee, kann ich vielleicht irgendwie behilflich sein?"

„Naja..." begann der Rotschopf, doch sein Kollege schüttelte energisch den Kopf.

„Nicht, Flann. Du weißt, die Sache ist vertraulich." Er wandte sich kurz an Kenzie. „Nichts für ungut, Miss."

Kenzie zuckte entgegenkommend die Schultern, doch ‚Flann' stimmte seinem Kollegen offenbar nicht zu.

„Was meinst du mit ‚vertraulich', Pres? Ist doch Quatsch. Wenn sie nun was gesehen hat?"

„Ja, aber um zu fragen, was sie gesehen hat, müsstest du ihr ja sagen, was sie gesehen haben soll, und das darf sie nicht wissen."

„Denkst du, ich kann keine Auskünfte erhalten, ohne gleich all unsere Interna auszuplaudern, oder was?"

„Das habe ich nicht gesagt, Flann, aber..."

Die beiden waren so in ihr Gespräch vertieft, dass Kenzie nur höflich daneben stehenblieb und fieberhaft überlegte, wie sie fortfahren sollte. Vielleicht wäre ihr auch was Vernünftiges eingefallen, doch da hörte sie eine leider allzu vertraute Stimme hinter sich.

„Flannigan! Prescott!" Lachlan kam aus der Menge geschritten, wie üblich stand ihm niemand im Weg oder rempelte ihn an. Seine Kollegen verstummten sofort. „Was ist hier los?"

„Nun, Sir, die junge Dame hatte eine Frage...", begann Flannigan.

„Ach, hatte sie das?" Lachlan war bei ihnen angekommen, blieb ein Stück neben Kenzie stehen und wandte sich ihr zu. „Und was hat unser Sonnenschein da wohl gefragt?"

Kenzie hob leicht ihr Kinn und gab sich ruhig. „Ich habe gefragt, ob alles in Ordnung ist und ob ich helfen kann."

„So?" Lachlan verschränkte die Arme und nickte betont ernsthaft.

Sie hätte ihm am liebsten gegen das Schienbein getreten. „Ja. Ich bin im Festkomitee. Ich muss mich darum kümmern, dass hier alles glatt läuft." Bevor sie sich stoppen konnte, fügte sie mit einer Spur von Bösartigkeit an: „Und ausgerechnet jetzt, wo euch in der Elite doch ein Mann fehlt..."

„Da mach dir mal keine Sorgen, den werden wir bald ersetzt haben, trotz deiner Häme."

Er musterte sie mit einem Blick, den sie nicht recht deuten konnte — ihr fiel ein, dass er sie noch nie aufgebrezelt gesehen hatte und wünschte sich, doch in ihren Alltagssachen gekommen zu sein. Flannigan und Prescott hatten den Austausch zwischen den beiden mit leicht hochgezogenen Augenbrauen verfolgt.

„Äh — Sir?" fragte Flannigan zaghaft.

„Was?" entgegnete Lachlan, ohne ihn anzusehen.

„Ich dachte, wenn sie hier doch mitgeholfen hat und so, hat sie vielleicht was gesehen?"

Jetzt drehte sich Lachlan zu ihm. „Ach, und da wolltest du sie fragen, was? Weißt du überhaupt, wer..." Er fuhr sich frustriert durch die Haare. „Egal. Steht hier nicht länger so dumm rum, wir haben zu arbeiten."

„Was denn, an der Sonnenwende?" fragte Kenzie erstaunt.

„Echt", brummelte Prescott sehr leise in seinen Bart.

Lachlan bedachte ihn mit einem bösen Blick und drehte sich zu Kenzie. „Die Sonne wird sich auch ohne uns wenden, weißt du."

„Ja, aber an einem Feiertag – muss wohl echt wichtig sein?"

„Nein. Und das geht dich auch überhaupt nichts an, Sonnenschein."

„Ich dachte ja nur... wenn es gar nicht so wichtig ist, könntet ihr doch ein bisschen mitfeiern?"

„Oh bitte", murmelte Prescott.

„Mitfeiern?" schnappte Lachlan. „Wieso solltest du wollen, dass *wir* mitfeiern?"

„Nun, ich... bin schließlich im Festkomitee. Es ist meine Aufgabe, dass sich hier heute alle wohlfühlen."

„Ach?" fragte er in einem Ton, der Kenzie komplett blockierte. Sie öffnete den Mund und schloss ihn wieder. Lachlan zeigte kurz das selbstzufriedene Lächeln, das sie so hasste, und wandte sich an seine Leute. „Kommt jetzt."

In Kenzie stieg Panik auf. Sie musste sie aufhalten, ablenken, irgendetwas tun! Hektisch sah sie sich um. Die Band war angekommen und sortierte sich gerade auf der kleinen Bühne am Ende der Tanzfläche. Tanzfläche!

„Ich dachte nur, ein Tanz wäre wenigstens für euch drin", platzte aus ihr heraus.

„Tanz?" wiederholte Lachlan spöttisch.

„Sicher", meinte Kenzie betont leichthin und tat etwas, das sie sich niemals zugetraut hätte. Sie streckte Lachlan ihre Hand hin. „Wie wär's?"

Er starrte nur stumm auf die dargebotene Hand - damit hätte er nie gerechnet, das überforderte ihn kurz.

Prescott beugte sich leicht vor. „Also, wenn du nicht willst, würde ich..."

„Nein", fauchte Lachlan. „Niemand tanzt! Wir müssen arbeiten!"

„Oh, ach so", machte Kenzie betont und zog ihre Hand zurück. „Ihr *dürft* nicht."

„Wir... niemand sagt mir, was ich darf und was nicht!" plusterte er sich auf.

„Na, dann tanz doch mit."

„Wir sind hier, um zu arbeiten und nicht für irgendeinen muffigen Ringelpiez!" Abrupt wandte er sich ab und wollte gehen, aber Kenzie wusste, was sie jetzt sagen musste.

„Das braucht dir nicht peinlich sein, wenn du es nicht kannst."

Mit einem Ruck blieb Lachlan stehen. „Wenn ich was nicht kann?"

„Na, tanzen."

„Ich kann nicht...?!"

„Ja, weshalb denn sonst diese Ausreden?" Sie wandte sich kurz zu Flannigan und Prescott, die beide automatisch nachdenklich nickten. Kenzie zuckte mit den Schultern. „Aber das ist schon okay. Selbst du musst ja in irgendetwas schlecht sein."

Ein paar Momente lang stand Lachlan nur stumm da und rang mit sich, aber das konnte er einfach nicht auf sich sitzen lassen.

„Halt das" befahl er, schlüpfte aus seinem Mantel, den er trotz des warmen Wetters trug, und drückte ihn

Flannigan in die Arme. Dann griff er Kenzie kurzangebunden an der Hand und zog sie mit sich auf die Tanzfläche.

Kenzie triumphierte innerlich, es geschafft zu haben - doch als sie dann da mit ihm auf der Tanzfläche stand, er sie in Tanzhaltung fasste und sie seine Hand an ihrer Taille spürte, wurde ihr zu ihrem Entsetzen klar, was sie da eigentlich gerade tat. Was, wenn die jetzt irgendeinen dieser Kuscheltänze spielten? Panik stieg in ihr auf, aber dann erklangen die gnädig flotten ersten Klänge des Stollen-Swing. Interessanterweise war das letzte, das ihr auffiel, dass Lachlan ebenfalls erleichtert schien, dann drehte er sie schon mit Schwung auf die Tanzfläche.[*]

In der Schenke hatten Libby und Sue das Geschehen angespannt durch das kleine Sichtfenster verfolgt, auch wenn sie keine Ahnung hatten, welche Worte dabei gewechselt wurden. Als die Todesfee Kenzie dann plötzlich auf die Tanzfläche führte, schlug Sue schockiert die Hand vor den Mund.

„Mein Gott, sie tanzt mit ihm! Sie ist so tapfer!"

Libby brummte nur leise, ein Geräusch zwischen Bewunderung und Entsetzen.

Bald schon hörten die anderen Paare auf, zu tanzen, traten an die Seite und sahen den beiden zu. Niemand hatte jemals einen Elitejäger auf einem Dorffest tanzen sehen, und Lachlan bot ihnen auch wirklich etwas für ihre Mühe. Bald lag die gesamte Aufmerksamkeit der versammelten Menge auf dem Tanzboden, niemand achtete mehr auf die Schenke.

---

[*] Zwergische Tänze sind überraschend lebhaft.

„Los", meinte Libby. „Das ist die Chance!"

Sue zögerte. „Aber... können wir Kenzie in dieser Situation einfach alleinlassen?"

Die ältere Frau warf einen kurzen Blick zu ihrer umherwirbelnden Kollegin. „Ich denke, sie kommt klar."

Sue nickte widerstrebend. Blitzschnell öffnete Libby die Schenkentür und sie huschten hinaus.

Kenzies Kopf drehte sich ziemlich, und das kam nicht nur vom flotten Tanztempo oder der schmissigen Musik. Sie hatte tatsächlich Spaß. Kein Wunder, dass Lachlan die Unterstellung, er sei des Tanzens nicht mächtig, so nicht hatte hinnehmen können.° Er konnte es erschreckend gut, so gut, dass sie einfach mitging und sich keine Gedanken darüber machte, wo sie ihre Füße hinsetzen sollte und ob sie vielleicht blöd aussah, oder ob das, was sie gerade tat, wirklich angemessen sein mochte. Kenzie hatte sich schon lange nicht mehr amüsiert, selbst zum Lesen oder auch nur zum Entspannen war ihr in den letzten Monaten kaum Zeit geblieben. Der Widerstand hatte all ihre Aufmerksamkeit erfordert, und im Widerstand zu sein war eine ernste Angelegenheit voller Risiken, kein Vergnügen. Jetzt aber strahlte sie geradezu, fröhlich und gelöst.

Als Lachlan sie wieder eindrehte, sahen sie einander kurz an. Es war das erste Mal, dass sie seine Nähe weder als bedrohlich noch als sonst wie unangenehm empfand. Es dauerte nur einen Herzschlag lang, dann war der

---

° Vielleicht gehörte er zu den Leuten, die schon deshalb tanzen lernten, um ihren Kampfstil zu verbessern.

Augenblick vorbei, aber er hinterließ doch eine deutliche Kerbe in Kenzies Unterbewusstsein. Lachlan drehte sie wieder aus, und perfekt zum Ende der Musik kamen beide zum Stehen.

Kenzies Sinne trudelten zögerlich nach und nach wieder in der Realität ein. Zuerst merkte sie, dass ihr sehr warm war, und dass ihre Lungen gerade gerne etwas mehr Sauerstoff hätten. Dann hörte sie ein merkwürdiges Rauschen, und es dauerte kurz, bis sie begriff, dass es begeisterter Applaus war, der von den umstehenden Zuschauern kam. In dem Moment, als sie sich der anderen Leute gewahr wurde, krachte ihr Bewusstsein mit einem Mal zurück ins Hier und Jetzt. Ihr wurde klar, was sie eben getan hatte – sie hatte Spaß mit einem Hexenjäger gehabt, und nicht nur mit irgendeinem. Egal, wie unschuldig dieser Spaß gewesen sein mochte – oder auch nicht – das war nicht akzeptabel. Sie hätte ihre Pflicht tun sollen, sich sozusagen opfern, und nicht… Ihr Lächeln verblasste, Kenzie war erschrocken und verwirrt über sich selbst.

Seltsamerweise schienen in Lachlans Kopf erneut ganz ähnliche Denkprozesse abzulaufen. Auch sein Lächeln erlosch, sein Gesicht wurde schlagartig gefasst, als hätte er eine Maske vorgeschoben. Er verbeugte sich schneidig vor Kenzie, woraufhin von irgendwo aus der Menge ein schmachtendes Quietschen zu hören war, dann nahm er sie höflich am Arm und führte sie von der Tanzfläche, gänzlich unbeeindruckt vom anhaltenden Applaus. Kenzie ließ ihn machen, ihre Gegenwehr drehte sich noch immer lachend zur verklungenen Musik. Sie kamen wieder bei Flannigan und Prescott an, die ihnen, offenbar aufrichtig beeindruckt, zuklatschten.

„Na, das nenne ich wahrhaftig einen feinen Schwof, Sir!"

„Sehr stimmungsvoll! Wie in einem dieser etwas finsteren Märchen!"

Lachlan nickte die Lobpreisung kurz ab, nahm seinen Mantel von Flannigan entgegen und schlüpfte wieder hinein. Die überhitzte Kenzie, die gerade wirklich gern ein großes Glas kaltes Wasser gehabt hätte, konnte es kaum mitansehen.

„Eine tolle Schau, Sir. Wie vom Königlichen Ballett", fuhr Flannigan fort, der nicht glauben konnte, seinen gefürchteten Vorgesetzten bei etwas so Schönem beobachtet zu haben.

„Ja", stimmte Prescott zu. „Man musste einfach zuschauen. Alle haben das."

Lachlan, der die weiteren Komplimente an sich hatte vorbeirauschen lassen, stutzte plötzlich. „Alle haben zugeschaut?"

Kenzie durchfuhr es trotz ihrer glühenden Wangen eiskalt, als sie sah, wie Lachlan sich umwandte und seinen Blick über die Gebäude rund um den Tanzboden schweifen ließ. Bei der Schenke blieb er hängen, schaute von ihr zur Tanzfläche und wieder zurück.

Dann drehte er sich zu Kenzie und meinte: „Alle haben zugeschaut, was? Niemand hat mehr auf die Schenke geachtet, in der du arbeitest, wie?"

Sie schluckte. Seine Stimme hatte einen merkwürdigen Unterton, so, als hätte sie ihn irgendwie enttäuscht. Er selbst schien das gar nicht zu bemerken. Hatte er etwa wirklich gedacht, sie hätte nur aus Spaß und freiem Entschluss mit ihm getanzt? Und warum machte ihm das Gegenteil etwas aus? *Ich will es nicht wissen*, stoppte Kenzie diesen Gedankengang sofort.

Lachlan seufzte leise und wandte sich an seine Leute. „Wir durchsuchen die Schenke."

Flannigan und Prescott wechselten einen schnellen Blick, sie hatten gehofft, dass das Tanzvergnügen ihres Chefs ihnen vielleicht auch etwas Freizeit würde ermöglichen können, doch Lachlans harter Tonfall ließ sie sich davor hüten, ihm zu widersprechen. Sie nickten nur.

Ohne sie anzusehen, griff die Todesfee Kenzie am Arm, diesmal alles andere als höflich, und zog sie mit sich mit zu Grannons Schenke, dicht gefolgt von den beiden Hexenjägern. Kenzie war sich ziemlich sicher, dass Libby und Sue die Chance genutzt und während ihrer Tanznummer das Weite gesucht hatten, trotzdem blieb ein flaues Gefühl in ihrem Magen. Als sie vor der Tür stehenblieben, fiel ihr siedend heiß ein, dass nicht abgeschlossen sein würde, und das, obwohl heute doch angeblich niemand drin gewesen war. Während sie umständlich den Schlüssel aus ihrer Rocktasche friemelte, überlegte Kenzie hektisch, wie sie die Hexenjäger kurz ablenken könnte. Sie steckte den Schlüssel ins Schloss, warf wie beiläufig einen Blick über die Schulter, gab vor, etwas zu sehen, das sie erschreckte und schaute sofort wieder betont desinteressiert weg. Tatsächlich drehten sich alle drei Hexenjägerköpfe in die Richtung, in die sie geblickt hatte, und in diesem Moment tat Kenzie so, als entriegele sie das Schloss. Sie öffnete die Tür und schob sie auf.

„So, bitte. Geht nur rein, wenn ihr denn müsst." Sie blieb mit verschränkten Armen draußen stehen.

Lachlan musterte sie mit einem unangenehm wissenden Blick, dann wandte er sich an Prescott und Flannigan. „Ihr geht und durchsucht die Umgebung, alle Seitenwege, die von hier wegführen. Wenn ihr jemanden entdeckt, vernehmen und gegebenenfalls herbringen. Ich werde mich da drinnen umsehen."

„Sehr wohl, Sir", bestätigte Flannigan, bemüht, nicht zu zeigen, wie es ihn erleichterte, eine Weile von seinem Vorgesetzten wegzukommen.

Prescott, dem es ähnlich ging, nickte knapp, dann verschwanden die beiden um die Ecke des Gebäudes.

Kenzie sah ihnen noch mit gewisser Besorgnis hinterher, als Lachlan ihr auf die Schulter tippte. Sie drehte sich zu ihm und er deutete auffordernd durch die Türöffnung. Natürlich würde er sie nicht einfach so gehen lassen. Sie seufzte leise und betrat die Schenke.

Drinnen war es kühl und dunkel. Automatisch machte Kenzie wie gewöhnlich die Lampe über dem Tresen an, dann trat sie zum Waschbecken dahinter und goss sich ein Glas Wasser ein. Während sie trank, beobachtete sie aus dem Augenwinkel, wie Lachlan in den wenigen hinteren Räumen verschwand und wieder hervorkam. Ein kurzer Blick zur Seite bestätigte ihr, dass er die Schenkentür hinter sich geschlossen hatte, vermutlich auch, damit keine Feiernden hineinkamen. Sue und Libby waren wirklich nicht mehr hier. Immerhin etwas. Sie trank ihr Wasser aus, presste sich das kalte Glas gegen ihre heißen Wangen und gestattete sich ein halbes, erleichtertes Aufatmen.

„Keiner da", meinte Lachlan so plötzlich vom Tresen her, dass sie das Glas fast hätte fallen lassen.

Sie griff es gerade noch und stellte es weg. Wie lange hatte er da schon gestanden? „Ich habe doch gesagt, heute ist zu."

„Hm." Die Todesfee klemmte sich unbeeindruckt auf einen der Barhocker. „Sie könnten natürlich auch abgehauen sein, als du keinerlei Gefahren gescheut hast, um für Ablenkung zu sorgen."

Er klang immer noch etwas muffelig, und Kenzie hob betont gelassen die Schultern.

„Wüsste nicht, was an einem Tanz gefährlich sein sollte." Ein kleines Lächeln huschte über ihre Züge. „War ja nicht mein dritter."

Er runzelte verständnislos die Stirn. „Wieso dritter?"

„Was denn?" fragte sie erstaunt. „Du kennst das Märchen nicht? Die Müllerstochter? Die drei Tänze mit dem Feenkönig?"

„Ich meide menschliche Märchen generell. Sind mir einfach zu brutal und grausam."

„Ach was?" Kenzie überlegte blitzschnell. Sie traute Flannigan und Prescott keinen allzu großen Eifer bei ihrer Umgebungssuche zu, das eigentliche Risiko kam von Lachlan, und je länger sie den ablenkte, desto weiter konnten Libby und Sue in dieser Zeit entkommen. Also sagte sie: „In diesem Märchen gibt es keine Brutalitäten. Soll ich es dir erzählen?"

Er musterte sie einen Moment regungslos, als er darüber nachdachte. Schließlich hob er einlenkend die Schultern. „Wieso nicht."

Kenzie nickte und setzte sich auf Grannons Hocker auf der anderen Seite des Tresens, der so eine gewisse Barriere zwischen ihr und Lachlan bildete. „Also – äh, es gibt zwei Fassungen von dem Märchen, zwei verschiedene Enden. Ich erzähl dir erstmal die ältere."

Sie sortierte kurz ihr Gedächtnis, das letzte Mal hatte sie die Geschichte Mazacan beim Zelten erzählt. Ihr Kindheitsfreund war dabei ein weit pflegeleichteres Publikum gewesen als die Todesfee. Sie räusperte sich. „Es gab einst vor langer Zeit eine Müllerstochter, die war sehr schüchtern und still und niemand schenkte ihr groß Aufmerksamkeit."

„Idioten! Es sind doch gerade die Stillen, die man im Auge behalten muss", unterbrach Lachlan.

„Möchtest du vielleicht die Geschichte erzählen?"

„Ich meine ja nur. Fahr fort."

„In der Nähe des Dorfes, in dem das Mädchen lebte, versammelten sich jedes Jahr zu den drei vollen Monden um die Sommersonnenwende auf einer Waldlichtung die Feen zum Tanze."

„Lichtfeen, wohlgemerkt. Wir machen sowas nicht", murrte er abfällig.

„Sie tanzten dort die ganze Nacht, und die Jugend des Dorfes beobachtete sie aus der Ferne aus dem Dickicht heraus, gebannt von ihrer Anmut und Schönheit."

„Vielleicht doch Todesfeen", murmelte Lachlan, der die ganze Geschichte offenbar nicht ernstnahm.

„Es galt als große Mutprobe, in ihre Mitte zu springen, die Hand mit geschlossenen Augen auszustrecken und zu rufen: Dreist und blind steh ich nun hier, wer ist so frei und tanzt mit mir?"

„Was ist denn das für ein holperiges Versmaß?"

„Hast du vor, jeden einzelnen Satz zu kommentieren, oder lässt du mich endlich in Ruhe erzählen?"

Er hob begütigend die Hände, doch offensichtlich hatte er seinen Spaß. „Ich bin still."

Kenzie wartete kurz, ob noch etwas kam, aber er stützte das Kinn in die Hand und gab sich betont aufmerksam. Sie seufzte leise. „Schon lange hatte das niemand mehr gewagt, und auch in diesem Jahr schien es niemand zu wagen. Da jedoch überkam ausgerechnet die scheue Müllerstochter ein plötzliches Gefühl des Mutes, genährt von der verdrängten Wut aus all den Jahren, in denen sie nicht beachtet worden war. In hohem Bogen sprang sie in die Mitte der Tanzfläche und rief laut und trotzig: Dreist und blind steh ich nun hier, wer ist so frei und tanzt mit mir?"

Lachlan nickte lächelnd, zufrieden, dass seine Sicht über stille Leute abermals bestätigt worden war.

„Die Feen und die Jugendlichen aus dem Dorf waren fassungslos, es legte sich eine gespenstische Stille über die Lichtung. Und sie stand dort, mitten auf der Tanzfläche, mit geschlossenen Augen, wartend, dass sich eine der Feen ihrer erbarmte. Ihre hoffnungsvoll ausgestreckte Hand begann zu zittern, doch noch immer ergriff sie niemand. Gerade, als sie aufgeben, sich in Schande von der Tanzfläche verkriechen wollte, fasste eine warme Hand die ihre, und eine freundliche Stimme meinte: Nun bin ich hier und tanz mit dir. Ungläubig drehte sie sich um und öffnete die Augen - vor ihr stand niemand anderes als der junge Feenkönig selbst! Sein Gefolge, beschämt, weil ihr König sie erst an die alten

Bräuche hatte erinnern müssen, spielte auf und reihte sich erneut zum Tanz. Der Feenkönig tanzte mit der Müllerstochter, zuerst nur aus Höflichkeit, doch bald schon merkte er, dass sie in Charakter und Benehmen eine Ehrlichkeit und Güte besaß, die er unter seinen Höflingen oft so schmerzlich vermisste, und der Tanz begann, ihm große Freude zu machen."

Kenzie sah, dass Lachlan seinen Kopf etwas schieflegte, doch sie überging es und sprach ruhig weiter.

„Nach Ende des Tanzes führte er die Müllerstochter respektvoll von der Tanzfläche und verbeugte sich zum Erstaunen aller – auch der Müllerstochter – vor ihr. Beide fühlten einen gewissen Verlust, als sie voneinander Abschied nahmen. Im Dorf tuschelten alle über die Kühnheit der Müllerstochter, nicht wenige ließen sich aus Neid zu Bösartigkeiten herab, doch sie bekam von all dem nur wenig mit, in ihrem Herzen tanzte sie noch immer unter dem Mondlicht. Denn sie war mit dem Feenkönig zum ersten Mal jemandem begegnet, der ihr wahrhaftig in der Seele ähnlich war, egal, wie unterschiedlich sie auch wirken mochten. Und als die zweite Vollmondnacht kam, zog es sie geradezu zurück zu der Lichtung. Als sie zögernd aus dem Dickicht spähte, trat ihr der Feenkönig sofort entgegen, voll Freude über ihr Erscheinen, und wieder tanzten sie zusammen im Mondlicht. Am nächsten Morgen nahm der Müller seine Tochter beiseite und warnte sie eindringlich; zwei Tänze seien gut und schön, doch sie solle ja nicht auf die Idee kommen, ein drittes Mal zu den Feen zu gehen, denn jeder wüsste, wer dreimal mit den Feen tanzte, der wird nie wieder gesehen; sie nehmen einen mit sich fort in ihr geheimes Reich und dort musste man dann auf Ewigkeit weiter mit ihnen tanzen. Die Müllerstochter sah das ein, wollte vernünftig sein, sagte sich, dass zwei Tänze mehr waren, als sie je hatte hoffen können, dass sie es dabei belassen sollte, der Feenkönig habe nur Mitleid gehabt und keinerlei Gefühle für sie, sie gehöre in ihre Welt, nicht in die der Feen. Sie versuchte, die ganze Sache zu vergessen und so weiterzuleben, wie zuvor, doch das Dorf erschien ihr nur noch grau und trostlos, die Bewohner hohl und feige. Dies war nicht mehr ihre Welt. Und als dann die dritte Vollmondnacht kam, umarmte die Müllerstochter ihre Eltern und ihre Geschwister, trat hinaus in die Nacht, schritt aufrecht und lächelnd in den Wald und verschwand im Dunkel. Sie war nie wieder gesehen."

Kenzie senkte leicht den Kopf, um das Ende der Geschichte zu bekräftigen. Lachlan saß da, das Kinn noch in die Hand gestützt, doch auf dem Gesicht einen ernsten Ausdruck, den sie so noch nicht gesehen hatte.

„**W**ir müssten langsam mal zurückgehen, oder?" fragte Prescott halbherzig. Er genoss diesen ruhigen kleinen Spaziergang unter den aufglimmenden Sternen, weitab von grantigen Vorgesetzten.

„Lachlan hat gesagt, wir sollen alles durchsuchen", beharrte Flannigan und sah verträumt einem großen Nachtfalter hinterher. „Also suchen wir."

„Okay", stimmte Prescott zu. „Wollen ja keinen schlechten Job machen." Er zögerte. „Obwohl – wir müssen es mit dem Ehrgeiz auch nicht übertreiben. Ich möchte nicht so enden wie Floyd."

Flannigan stutzte. „Oh. Nun... er hatte einfach Pech."

„Er war nachts allein in leerer Landschaft unterwegs, so wie wir jetzt."

Die beiden kamen langsam zum Stehen. Die Nacht wirkte plötzlich weit weniger friedlich, die Dunkelheit bedrückend.

„Hast du den Bericht gelesen, wie das ausgesehen hat, als sie ihn gefunden haben?" fragte Prescott leise.

Sein Kollege nickte beklommen. Unbewusst rückten sie etwas näher zusammen und sahen sich nervös um.

„Lass uns umkehren. Wir sagen einfach..."

„Da hinten ist jemand!" unterbrach ihn Flannigan plötzlich.

„Wo?"

„Da!" Er zeigte auf die Wiese, durch deren hohes Gras ein kleiner Trampelpfad verlief. Etwa fünfzig Meter entfernt waren undeutlich zwei Gestalten zu erkennen. „Hallo! Ja, ihr! Einen Moment bitte!"

„Ach, lass doch", maulte Prescott. „Wer weiß, wer das ist."

„Mit irgendwem müssen wir reden, sonst denkt Lachlan, wir hätten nicht richtig gesucht. Und der ist gruseliger als zwei Fremde nachts im Felde. Schau, die beiden sind ganz harmlos."

„Hm, das hat sich Floyd vielleicht auch gedacht", murrte Prescott düster, folgte seinem Kollegen jedoch auf den Trampelpfad.

Sie kamen bei den beiden Gestalten an, die sich als eine blonde Frau und einen jungen Mann herausstellten.

„Schönen guten Abend", meinte die Frau gelassen. „Können wir euch irgendwie helfen?"

„Vielleicht. Wir sind... geht es deinem Freund nicht gut?" Flannigan warf dem jungen Mann, der ganz grün um die Nase wurde, einen besorgten Blick zu.

„Oh, er hat das Bier auf dem Dorffest nicht vertragen. Deswegen gehen wir ja auch schon nach Hause."

„Verstehe." Der Hexenjäger trat einen Schritt fort von ihm, falls es zu plötzlichen Übelkeitsausbrüchen kam.

„Habt ihr hier irgendjemanden gesehen?" fragte Prescott.

„Sucht ihr jemand Bestimmtes?"

„Nun ja – habt ihr verdächtige Personen bemerkt?"

„Verdächtig inwiefern?"

„Insofern als... dem Widerstand angehörend."

„Ich weiß nicht", lachte die Frau. „Wie sehen Widerständler denn aus?"

„Oh – verdächtig eben. Finstere Gestalten."

„Keine anständigen Bürger so wie ihr", versicherte Flannigan.

„Nun, ich kann nicht sagen, ob sie finster gewesen sind, aber ich habe zwei Leute bemerkt, die es sehr eilig gehabt zu haben scheinen."

„Tatsächlich? Wo sind sie hingelaufen?"

„Ich meine, es war dort entlang." Sie deutete auf einen noch kleineren Pfad, der ins Dickicht abzweigte. „Es ist nicht lange her. Wenn ihr euch beeilt, seht ihr sie vielleicht noch."

„Vielen Dank, Ma'am", meinte Flannigan, während er sich schon umwandte.

„Eine große Hilfe", hängte Prescott noch an.

Die Frau sah ihren kleiner werdenden Rückansichten ein Weilchen hinterher, dann wandte sie sich an ihren Begleiter. „Dieser Weg wird die beiden gut beschäftigen. Lass uns gehen."

„Du bist echt knallhart, Libby", murmelte Sue bewundernd.

Lachlan schien aus komplexen Betrachtungen zu erwachen, als Kenzie schwieg. Er stutzte, dann zog er die Augenbrauen zusammen und machte eine wegwerfende Geste. „Was soll die Moral von diesem Märchen sein?"

„Bitte?"

„Die Moral. Es gibt doch immer irgendeine hirnrissige Botschaft."

„Äh..."

„Ich sag dir, was die Moral ist; völkerfeindlicher Dreck vom verführerischen Dunkelvolk, das ‚unsere' keuschen Mädchen weglockt."

„Etwas", musste Kenzie zugeben. „Diese Version ist alt. Es ist möglich, dass die Feen als Symbol herhalten mussten, um..."

„...die Kinder vor allem Fremden zu warnen. Weißt du, dass die meisten Unholde im Umfeld der Kinder lauern? Deswegen erzählen sie auch solche Geschichten über böse Fremde!"

„Nun, ich habe die Geschichte nie so verstanden."

Kenzie entging nicht die Ironie, dass hier jemand völkerfeindliche Untertöne aufzeigte, der selbst bei den Hexenjägern war.

„Wofür steht sie denn für dich?"

„Naja... dass man über seine Grenzen hinausgehen muss. Die Müllerstochter hat Mut gezeigt, etwas gewagt und dadurch ihre wahre Natur erkannt. Ihr Platz war nicht in diesem Dorf, sondern unter dem Mondlicht. Sie hat das wahrhaft Vertraute im Unbekannten gefunden. Mit ihr war nichts falsch, sie war nur unter den falschen Leuten."

Lachlan verschränkte die Arme, lehnte sich auf seinem Hocker zurück und musterte sie nachdenklich. „Klar, dass du das so siehst." Plötzlich lächelte er dünn. „Du wärst einfach zu diesem Feenkönig hin marschiert und hättest ihn an den Ohren auf die Tanzfläche geschleift."

Kenzies Wangen, die sich gerade beruhigt hatten, liefen wieder heiß. „Ich..."

„Du springst auch einfach mitten in die Menge und sorgst für Unruhe. Streckst kackdreist deine Hand in die Dunkelheit." Sein Lächeln verblasste. „Was machst du, wenn sie mal jemand ergreift?"

Sie schluckte. Irgendwie war der Tresen zwischen ihnen nicht mehr breit genug. Sie krallte sich unauffällig mit einer Hand an seine Kante und bemühte sich, locker zu klingen.

„Und es war klar, dass du nicht gesehen hast, dass es nicht das Risiko und das Unbekannte waren, die die Müllerstochter dazu bewegt haben, erneut zu tanzen. Es waren die Güte und die Aufgeschlossenheit des Feenkönigs. Denn damit verändert man die Welt. Und du hast auch nicht gemerkt, dass die Müllerstochter auf den Feenkönig ebenso so viel Einfluss hatte wie er auf sie."

Lachlan beugte sich etwas vor. „Sie hat alles aufgegeben und ist ihm in sein Reich gefolgt."

Kenzie lächelte triumphierend. „Oh, aber du kennst die andere Version der Geschichte nicht!"

Er runzelte die Stirn und öffnete den Mund, aber da tat sich mit einmal die Schenkentür auf. Beide fuhren zusammen. Im Durchgang standen Prescott und Flannigan, erschöpft und ramponiert.

„Sir – wir haben Verdächtige verfolgt, konnten sie aber nicht einholen." Flannigan klang ziemlich fertig.

Lachlan stand auf. „Warum seid ihr so nass? Was ist mit euren Uniformen passiert?"

„Da war ein kleiner Bach, Sir. Und Dornenbüsche... so viele Dornen..."

„Und wieso seid ihr voller Kletten?"

„Wir... sind dann noch eine Böschung hinuntergefallen."

„Dieser Pfad führte uns durch alle Neun Höllen", murmelte Prescott tonlos.

Ihr Vorgesetzter fasste sich an die Nasenwurzel und sagte ein Weilchen gar nichts mehr. Schließlich zuckte er mit den Schultern. „Na fein. Dann halt nicht."

„Sollen wir stattdessen die junge Miss mit zum Verhör nehmen?", bot Flannigan wie zum Ausgleich an.

Lachlan sah erstaunt zu Kenzie, als hätte er ganz vergessen, dass sie auch noch da war. Er dachte nach. „Nein", meinte er. „Wir machen Schluss für heute. Holt die Pferde."

Prescott und Flannigan atmeten erleichtert auf und verließen die Schenke, ein paar Kletten ließen sie da.

Kenzie trat hinter dem Tresen hervor und ging mit Lachlan zur Tür. Sie konnte sich nicht davon abhalten, zu sagen: „Tut mir leid, dass für euch nichts bei rumgekommen ist."

Lachlan drehte sich zu ihr, mit diesem positiv überraschten Gesichtsausdruck, den sie immer von ihm bekam, wenn sie etwas Gemeines sagte. Er blieb wie zufällig so im Türrahmen stehen, dass sie nicht an ihm vorbeikam und meinte leise: „Ich würde nicht nichts sagen."

Kenzie sah verwirrt an sich herab, als sie eine Berührung an ihren Fingern spürte. Lachlan legte ihr sacht den Schenkenschlüssel in die Hand.

„Vergiss nicht wieder, abzuschließen." Er zwinkerte ihr noch kurz anzüglich zu, dann folgte er seinen Kollegen.

Kenzie blieb starr an Ort und Stelle stehen, den Schlüssel fest in ihrer Faust, während auf dem Platz vor ihr laut und fröhlich das Sonnenwendfest vorbeirauschte. Erst, als nach zehn Minuten immer noch kein Hexenjäger wiederaufgetaucht war, lehnte sie sich schwer an den Türrahmen und atmete tief aus. Sie wollte nur noch nach Hause ins Bett.

Lachlan nahm die Zügel seines schwarzen Pferdes entgegen, das Flannigan ihm gebracht hatte. Er hielt sie kurz nachdenklich, dann wollte er von den beiden Hexenjägern wissen: „Kennt ihr das Märchen von der Müllerstochter und dem Feenkönig?"

„Oh ja, Sir."

„Natürlich, Sir."

„Es... soll da zwei verschiedene Versionen geben?"

„Das stimmt, Sir. Welche kennst du denn?"

„Die, wo sie am Ende mit dem Feenkönig in seine Welt geht."

„Oh, die andere ist viel schöner", meinte Flannigan sofort.

„Mochte ich auch immer lieber", stimmte Prescott zu.

„Ja, und?", fragte Lachlan gereizt. „Wie geht die nun?"

„Also", begann Flannigan. „Die Müllerstochter hat wieder mit dem Feenkönig getanzt, und ihm wird klar, wie wichtig sie ihm ist, wie sehr sie ihn verändert hat."

„Er merkt, dass sich seine Welt ohne sie leer und bedeutungslos anfühlt, weiß aber, dass sie dort niemals würde glücklich sein können", ergänzte Prescott.

„Also gibt er alles für sie auf, seine Krone, seine Macht, seine Welt, weil es ihm wichtiger ist, sie glücklich zu sehen, als zu herrschen. Er geht mit ihr fort an einen fernen Ort, an dem sie beide zusammen neu anfangen können."

„So schön", murmelte Prescott und wischte sich ein Tränchen aus dem Augenwinkel.

Lachlan starrte die beiden entgeistert an, erst Prescott, dann Flannigan, dann beide zusammen. Schließlich schnaufte er abfällig und stieg schwungvoll auf sein Pferd.

„Unrealistischer Kitsch!" murrte er im Davonreiten.

Energisch stieß Floyd das kleine Tor des Seiteneingangs auf und warf den sich dort herumdrückenden Hexenjägerneuling fast um.

„Was stehst du da so dumm im Weg rum?" schnauzte Floyd ihn an. „Wer bist du? Was hast du hier zu suchen?"

Der schmächtige Junge zog den Kopf ein. Er war erst kurz bei den Hexenjägern, hatte aber schnell gelernt, dass man sich mit Elitejägern nicht anlegte. „S-Seth, Sir. Ich... ich begleite heute Lord Wolcod a-als Gehilfe beim Treffen."

„Wieso du? Normalerweise macht das Alison."

„M-miss Alison ist heute freigestellt, Sir." Er senkte betroffen den Blick. „Sie hatte einen Todesfall in der Familie."

„Schon wieder?" fragte Floyd ungerührt. „Vor ein paar Jahren war doch erst der Bruder dran. Müssten dann ja bald mal alle weg sein."

Seth warf ihm einen schnellen, erschrockenen Blick zu. Der große, strenge Mann schüchterte ihn ein, er strahlte eine kalte Gnadenlosigkeit aus, die der Junge sonst eher mit Maschinen verband. Und doch hätte er beinahe etwas gesagt — so sprach man nicht, wenn jemand einen Angehörigen verlor, schon gar nicht, wenn es zum wiederholten Male geschah. Aber er seufzte nur leise und wandte sich ab.

„B-bitte folge m-mir, Sir. I-ich bringe dich zu Lord Wolcod."

Er setzte sich in Bewegung und stieg, gefolgt vom mürrisch schweigenden Floyd, schleppenden Schrittes die lange, gewundene Wendeltreppe empor, die zu dem Büro führte, das der oberste Hexenjäger hier bezogen hatte. Einmal im Jahr trafen sich Wolcod und die ranghöchsten Hexenjäger der jeweiligen anderen Bezirke und Reiche, um einander und den Beratern des Königs Bericht zu erstatten. Ganz selten sogar seiner Majestät selbst, der für die Treffen immer sein Schloss am Waldrand von Burgh zur Verfügung stellte. Das Schlösschen war eigentlich mehr eine kleine Burg, sehr alt und rustikal und ungeeignet für den goldenen Schnörkel, den seine Majestät schätzte. Deswegen hielt er sich auch so gut wie nie dort auf und konnte es getrost den Hexenjägern überlassen.

Seth blickte im Vorbeigehen aus dem Fenster, das in den Hof führte. Dort standen mehrere Grüppchen in ranghohen schwarzen Uniformen, stimmungsvoll beleuchtet vom gerade aufgehenden Mond, und unterhielten sich, froh, endlich eine Pause zwischen all den Besprechungen einlegen zu können. Seth hatte großen Respekt vor ihnen. Die Erste Hexenjägerin von Kelld hatte er besonders beeindruckend gefunden, wenn auch nicht gerade auf eine angenehme Art und Weise – vermutlich wäre selbst Floyd in ihrer Gegenwart nervös geworden – aber sie leistete sehr gute Arbeit. Gerüchten zufolge hatte sie es sogar abgelehnt, den Dreizehn beizutreten und war unbeschadet damit durchgekommen. Nachdem, was man so hörte, hatte der kellder Widerstand dank ihr echte Probleme und richtete nicht allzu viel Schaden an, und dass, obwohl der Prinz der Alben selbst ihn anführte.

Seth wurde in seinen Träumereien von epischen Gefechten unterbrochen, denn sie waren auf dem Flur vor Wolcods Büro angekommen.

Wolcod blickte auf den kleinen Blätterstapel, gefüllt mit strengvertraulichen Informationen, die nur er, als Anführer der Hexenjäger, zu Gesicht bekam. Zuoberst die allerletze, die ihr Maulwurf im kellder Widerstand noch hatte übermitteln können, bevor er, zu Wolcods Erleichterung, enttarnt worden war. Er berichtete, dass hier, im Waldschlösschen, ein Spion des Widerstandes tätig war, ein Ork, der in den Stallungen arbeitete. Der Name war dem Informanten nicht ganz klar; Cord oder Cronk oder so ähnlich. Wolcod seufzte, beschloss, dem Aufgeflogenen einen diskreten Hinweis zukommen zu lassen und blätterte weiter zu den Beobachtungen der hiesigen Spione. Auf der Langen Waldstraße gab es wieder verstärkte Aktivität des Widerstandes, ein mehr oder weniger offenes Geheimnis, deswegen waren die Hexenjäger auch über andere Wege zu ihrem Treffen angereist. Wolcod rieb sich die Stirn. Er hätte gern all diese Berichte einfach verbrannt, ohne dass je noch jemand davon erfahren hätte, durfte es aber nicht riskieren, Verdacht zu erregen. Auch, den Ork zu warnen, konnte er sich nur erlauben, weil der Urheber der Information nicht mehr danach fragen würde. Diesen einen Zettel zerknüllte er und warf ihn in den Kamin. Es klopfte.

„Ja?" fragte Wolcod müde.

Die Tür öffnete sich und Seth steckte den Kopf hinein, wie meist mit roten Ohren. Wolcod hatte ihn spontan als Ersatzgehilfen mitgenommen, weil der Junge zwar furchtbar naiv war und wenig talentiert, aber über einen ehrlichen, anständigen Kern verfügte, und der oberste Hexenjäger vermisste solche Leute in seinem Alltag.

„S-sir", grüßte Seth scheu. „M-mister Floyd wünscht dich zu sprechen."

In Wolcods Geist huschte ein Kraftausdruck vorbei, doch er beherrschte sich. „In Ordnung, bring ihn her."

Seth nickte, zog sich zurück und wurde kurz darauf von Floyd ersetzt, hinter dem der Junge leise von außen die Tür zuzog. Was immer die beiden zu besprechen hatten, ihn hatte das nichts anzugehen.

Wieder seufzte Wolcod leise. Als Floyd zu den Hexenjägern gekommen war, war er Seth gar nicht so unähnlich gewesen; unsicher, scheu und krampfhaft bemüht, nichts falsch zu machen, was er mit unerbittlicher Leistung hatte wettmachen wollen. Dass bei ihm, im Gegensatz zu Seth, der anständige Kern entweder auf dem Weg verloren gegangen oder auch nie vorhanden gewesen war, zeigte sich spätestens, als er mit der Ausbildung für die Elite begann. In seinem gnadenlosen Ehrgeiz, vor allem seinen Lehrer Lachlan zu beeindrucken, was, wie Wolcod wusste, eher durch Ungehorsam zu erreichen gewesen wäre, legte Floyd alles ab, was er als vermeintliche Schwäche in seinem Bestreben betrachtete, alles, was man irgendwie als weich oder warm hätte empfinden können. Und jetzt stand er da; einer von Wolcods kompetentesten Leuten und definitiv sein ambitioniertester, der immer weit mehr leistete als er musste, und war so kalt, glatt und unbarmherzig wie ein Gletscher. Beeindruckt hatte er Lachlan damit nicht, und das machte ihn zusätzlich noch sehr zornig.

Wolcod schob seine Papiere zusammen, als könne er nicht länger anschauen, was aus Floyd geworden war. „Was gibt es?"

„Sir" begann er fest. „Meine monatelangen Nachforschungen haben sich endlich ausgezahlt." Der Hexenjäger trat näher an den Schreibtisch und senkte etwas die Stimme. „Soeben konnte ich eine Information größter Wichtigkeit erlangen."

Wolcod wurde es unbehaglich – Floyd neigte nicht zu Übertreibungen und protzte auch nicht mit seinen Leistungen herum. Wenn er es also beachtlich fand... „Inwiefern?"

„Seit langem gibt sich der Widerstand nun schon betont schwach, nur, um im Hintergrund eine massive Aktion vorbereiten zu können, einen fatalen, gebündelten Schlag gegen uns."

Wolcod stand auf und verschränkte die Arme auf dem Rücken. „Der wie aussähe?"

„Das war im Detail nicht herauszubekommen", musste Floyd zugeben. „Was ich weiß, ist aber, dass sie die gesamte Elite zu einem bestimmten Ort locken wollen, um uns auf einen Streich auszuschalten. Es muss etwas mit Magie zu tun haben."

„Alle auf einmal? Dazu ist der Widerstand schon lange nicht mehr fähig."

„Das ist es ja, Sir! Er ist es doch noch! Zumindest für diesen einen Anschlag. Wir wurden systematisch getäuscht, um uns in Sicherheit zu wiegen."

Wolcod ging mit noch immer verschränkten Armen vor dem Kamin auf und ab. Der kleine Funke Erleichterung darüber, dass der Widerstand doch viel mächtiger war als gedacht, wurde erstickt von der Bestürzung darüber, dass dieser Plan entdeckt worden war.

„Wer weiß noch davon?"

„Niemand, Sir. Ich bin sofort hergekommen."

Pflichtbewusst wie immer, dachte Wolcod bitter. „Wie sicher ist diese Information?"

„Es gibt keine Zweifel."

„Wir – sollten nichts überstürzen. Vielleicht..."

„Bei allem Respekt, Sir", widersprach Floyd, eindeutig respektlos. „Wir haben jetzt keine Sekunde zu verlieren, wenn wir diesen Plan noch stoppen wollen. Wir müssen sofort handeln und alle erdenklichen Maßnahmen ergreifen." Er legte die Hände auf den Rücken, vielleicht hätte er seinen Vorgesetzten sonst am Kragen gepackt. „Du kannst hier jetzt nicht weg, aber ich werde unverzüglich zum Hauptsitz reiten und dort alles in die Wege leiten."

Plötzlich verstand Wolcod: Floyd wollte es Lachlan sagen. Er wollte es ihm präsentieren und endlich die Anerkennung und den Respekt bekommen, die er in all den Jahren nicht hatte erringen können. Nichts und niemand würde ihn davon abbringen können. Nur seine bis ins Mark eingeprügelte Disziplin hatte ihn erst noch zum obersten Hexenjäger kommen lassen.

Niemand weiß davon außer uns beiden, ging Wolcod durch den Kopf.

Er ballte heimlich die Fäuste. Floyd war kein leichter Gegner, auch nicht für ihn. Geräuschlos würde er ihn nicht unschädlich machen können, und selbst wenn, wo sollte er mit ihm hin? Das ganze Haus war voller Hexenjäger! Wenn er Floyd hier angriff, würde er selbst auffliegen. Das durfte nicht geschehen — würde herauskommen, dass ihr eigener Anführer gegen sie arbeitete, würden die Hexenjäger so paranoid werden, dass kein Plan der Welt geschickt genug sein würde, um ihre ganze Elite auf einmal irgendwo hinzulocken. Floyd musste gestoppt werden. Aber nicht hier und nicht von ihm. Nicht hier... Wolcod kam ein Gedanke.

„Sir", unterbrach ihn Floyd ungeduldig. „Ich muss jetzt aufbrechen." Er wandte sich schon zur Tür.

„Warte", hielt ihn sein Vorgesetzter zurück. Es fiel ihm sehr schwer, die nächsten Worte zu sprechen, doch er zwang sich dazu. „Du darfst nicht über die abgelegenen Wege zum Hauptsitz reiten. Ich habe eben Informationen darüber erhalten, dass der Widerstand dort heute aktiv ist. Du musst unbedingt über... die Lange Waldstraße reiten."

„Ich — dachte, gerade dort träfe man auf Widerständler?"

„Eine Finte, wegen des Hexenjäger-Treffens."

„Ich verstehe, Sir. Nun, dass wird mir immerhin etwas Zeit sparen." Floyd wandte sich wieder zum Gehen. „Aber dennoch muss ich jetzt..."

„Moment," hinderte ihn Wolcod erneut daran. „Du... wenn ich nicht da bin, könntest du eine Vollmacht von mir brauchen."

„Ist das wirklich nötig, Sir?" fragte Floyd skeptisch und warf einen schnellen Blick auf die Uhr.

„Nur zur Vorsicht. Geht ganz schnell. Warte so lange hier."

Wolcod schlüpfte durch die Seitentür ins Nebenzimmer, wo Seth an einem klapprigen kleinen Schreibtisch hockte und Briefumschläge zuklebte.

„Fir?" fragte er erstaunt, die Zunge noch am Papier.

„Hör zu, Seth, geh rüber ins Konferenzzimmer und hol eine Abschrift der letzten Sitzung. Die tust du dann in einen meiner Umschläge, versiegelst ihn gut und bringst ihn Floyd. Aber lass dir ruhig Zeit damit, verstanden? Ich bin gleich wieder da."

„Verstanden, Sir." Floyd sollte also etwas hingehalten werden. Warum, war nicht Seths Sache, aber für Wolcod hätte er sogar richtiggehend gelogen.*

Der oberste Hexenjäger nickte dankbar und verschwand durch die zweite Zimmertür. Zwei Stufen auf einmal nehmend, wetzte er die leere Hintertreppe hinunter zum Stall. Natürlich konnte er Floyd keine echte Vollmacht mitgeben. Wenn die bei ihm gefunden wurde, würde man sich fragen, wozu er so etwas brauchte und was Wolcod damit zu tun hatte. Magenschmerzen setzten bei ihm ein, doch er ignorierte sie stur. Nicht jetzt.

Im leeren Innenhof entdeckte er den Ork, der dort trotz der späten Stunde noch fegte und mit seiner großen Statur schwer zu übersehen war. Da half nichts, nun

---

* Gut, dass seine Ma das nicht hörte!

musste Wolcod ein Risiko eingehen. Sich im Schatten haltend, trat er von hinten an ihn heran.

„Dreh dich nicht um", sagte er leise zu ihm.

Der Ork rührte sich nicht, griff jedoch unauffällig seinen Besen etwas fester, wie jemand, der sich auf einen möglichen Angriff einstellt, aber noch abwartet. Wie hatte man diesen so offensichtlich erfahrenen Kämpfer je für einen Hilfsarbeiter halten können? Wolcod konnte sich das nur mit völkerfeindlich-stereotypen Vorurteilen erklären.

„Ich bin keine Gefahr", fuhr er fort.

„Was willst du?" grollte der Ork unbeeindruckt.

Wolcod hatte keine Zeit zu verlieren und kam direkt zum Punkt. „Ich – ich weiß, dass du beim Widerstand bist..." Der Ork spannte seine Muskeln an und schien zu ihm herumfahren zu wollen, also sprach Wolcod schnell weiter. „Euer Plan, die Elite aus dem Weg zu räumen, ist entdeckt worden."

Der Ork verharrte halb umgedreht. Offenbar bestürzte ihn diese Neuigkeit.

„Ein einziger Elitejäger weiß Bescheid, und der wird gleich losreiten, um dem ganzen Hauptsitz davon zu erzählen. Er wird über die Lange Waldstraße kommen. Habt ihr dort jemanden?"

„Ja", antwortete der andere nach kurzem Zögern.

„Kannst du ihm rechtzeitig eine Nachricht zukommen lassen?"

„Ja."

„Dann sag ihm, dass dieser Elitejäger um jeden Preis aufgehalten werden muss. Er muss ihn unbedingt daran hindern, den Hauptsitz zu erreichen."

„Verstehe. Und wer bist du und wieso erzählst du mir davon?"

„Das spielt keine Rolle. Beeil dich. Und komm danach nicht zurück in dieses Schloss."

Der Ork nickte, ihm war auch klar, dass seine Tarnung passé war. Irgendetwas war merkwürdig vertraut an diesem Fremden, auch wenn er sich sicher war, zuvor nie in seiner Nähe gewesen zu sein. Er würde sich seinen Geruch gut merken.

„Viel Glück", murmelte Wolcod, zog sich zurück in die Schatten und verschwand wieder im Gebäude.

Wolcod kam gerade vor seinen Büroräumen an, als Seth sie aus anderer Richtung mit dem Umschlag erreichte. In diesem Moment war er dankbar dafür, dass ihn Lachlans gnadenlose Lehrmethoden fit genug gemacht hatten, jetzt nicht verdächtig außer Atem zu sein.

„Hier ist... das Dokument, Sir." Seth überreichte ihm den versiegelten Umschlag.

„Danke."

Seth verschwand wieder im Nebenzimmer, gleichzeitig ging die andere Bürotür auf. Floyd trat auf den Flur und sah sich suchend um; offenbar hatte er nicht vor, noch länger zu warten.

„Ah, Floyd", meinte Wolcod, als hätte er ihn erwartet und ging auf ihn zu. „Hier ist die Vollmacht."

Floyd steckte den Umschlag ohne weitere Umschweife ein. „Dann breche ich jetzt auf. Sir."

Wolcod trat einen Schritt vor und öffnete den Mund, als wollte er etwas sagen, stockte dann aber. Er verschränkte die Arme auf dem Rücken und nickte.

Kurz angebunden erwiderte Floyd das Nicken und verschwand die Treppe hinunter. Wolcod schaute ihm hinterher, bis er aus seinem Sichtfeld verschwunden war, dann hörte er seine zügigen Schritte und die Tür, die sich öffnete und wieder schloss. Kurz war es still, dann erklang von draußen das Getrappel von Hufen, die schnell leiser wurden und verklangen. Schließlich herrschte Ruhe. Wolcod ballte die Fäuste auf seinem Rücken so fest, dass sich seine kurzen Fingernägel in die Handflächen gruben. Er hatte das tun müssen. Er musste. Sein Magen fühlte sich an wie in einer Zwinge.

Er zuckte leicht zusammen, als sich hinter ihm die Tür öffnete und Seth den Kopf heraussteckte.

„Sir, die Konferenz soll dann jetzt weitergehen."

Wolcod schloss kurz die Augen, dann strecke er sich und setzte sich entschlossen in Bewegung. „Bin schon da."

Website:
www.blumenelfenhasser.de
Bildergalerie:
wolfanita.deviantart.com